さとう Satou
ill. ひたきゆう

S級冒険者が歩む道 パーティーを追放された少年は真の能力『武器マスター（ウエポン）』に覚醒し、やがて世界最強へ至る 2

格闘家
ヒジリ
「たのもおおおっ!!」

「呼んでるわよ」
「無視無視。
あんなアホっぽいヤツ、
絡まれたら面倒だろ」
孤高の冒険者
ハイセ
「アタシは西のウーロンから来た
S級冒険者ヒジリ!!」
エルフ
プレセア

魔法使い
タイクーン
盾士
レイノルド
弓士
ロビン
「樽風呂なんて贅沢かも」

「こんなのがあるなら、教えてくれればいいのにな」
「つっ～～～っ、あぁぁぁ……きんもち、いいいい」
回復術師
ピアソラ
セイクリッドのリーダー
サーシャ

「私は……」

「俺は……」
「「S級冒険者として、この道を進む!!」」

THE ROAD OF GRADE S HUNTER

VOL.2

CONTENTS

Presented by Satou & Hitakiyuu

S級冒険者が歩む道２

～パーティーを追放された少年は真の能力『武器マスター』に覚醒し、やがて世界最強へ至る～

さとう

GA文庫

カバー・口絵　本文イラスト
ひたきゆう

プロローグ ▼ とある冒険者チームの一日

冒険者。

それは、未知なるダンジョンに潜り、お宝を探して一攫千金を狙う者たちでもあり、凶悪な魔獣を退治し平穏を守る者たちでもあり、採取が難しい薬草や素材を取りに魔境に挑む者たちでもある。

つまり……冒険者とは、この世界になくてはならない者たちである。

冒険者になるためには『能力』が必要だ。

能力とは？　この世界に住む者たちの実に四割が持つ特殊能力。冒険者は、この『能力』を駆使して依頼をこなす。

冒険者には等級が存在する。F級から始まり、最上級はS級。

S級冒険者とは、冒険者の最上級であり皆の憧れの存在。多くの冒険者が目指す、到達点である。

ハイベルグ王国、冒険者ギルドにて。

漆黒のコート、黒の眼帯を着けた少年が、依頼掲示板の前にいた。

「…………」

S級冒険者『闇の化身（ダークストーカー）』ハイセ。彼は、依頼掲示板にある一枚の依頼書を剝（は）がし、受付へ。

「これ、頼む」

受付嬢が依頼を受理する手続きをするが、ハイセが恐いのか少し手が震えていた。

すると、ギルドの扉が開き、美しい銀髪の少女が入ってくる。

S級冒険者『銀の戦乙女（ブリュンヒルデ）』サーシャ。少女の登場に、ギルドにいた冒険者たちは釘付けになった。

サーシャは、ハイセの隣にある受付に立つ。

「失礼する。ガイストさんに会いに来た」

受付嬢が「少々お待ちください」と言い、サーシャは隣にいるハイセに視線を向ける。

「ハイセ、これから依頼か？」

会話はなかった。ハイセは依頼書を片手にギルドを出て行った。

そんなハイセの背を見送ると、受付嬢が「お待たせしました」とサーシャを呼ぶ。

サーシャは、ギルドマスターであるガイストの部屋へ向かった。

受付嬢たちは、ようやく気を抜く。

「あ～怖かったぁ……ハイセさん、やっぱり怖いよぉ」

「スタンピード戦では大活躍だったらしいけどね。でも、真正面から見ると迫力すごいわぁ」

「反対に、サーシャさんって美人だよね。同性だけど綺麗って思っちゃう」

「わかる～……ほんと綺麗だよね。あと、驚きだよね……ハイセさんとサーシャさん、幼馴染同士だって」

「だよね。昔は同じチームだったらしいけどさ」

「うんうん。今も、挨拶すらしなかったよね……仲、悪いんじゃない？」

噂話は続く。

そう、ハイセとサーシャは幼馴染。そして、同じチームに所属してた仲間だった。

だが……決定的な決別をして、互いの道は分かれた。

互いにS級冒険者同士。異なる道を歩んでいる。

◇◇◇◇◇◇

チーム『サウザンド』。クラン『セイクリッド』が発足し、最初期に加入した新人チームだ。

クランが発足して約半年。数々の依頼をこなし、チーム等級FからCまで上がり新人を卒業したチームである。

今日も、『サウザンド』は冒険者ギルドではなく、クランに持ち込まれた依頼をクリアし、クラン内にある『依頼報告所』に報告。

リーダーであるロランは、カバンいっぱいに採取した『ネルゲの実』を受付に置いた。

「依頼品のネルゲの実です。確認お願いします!!」

ネルゲの実。すり潰し、固めて乾燥させて火を点けると、虫よけの煙が出る。庶民の間でよく使われる害虫忌避剤である。

クラン『セイクリッド』の受付嬢は、ネルゲの実をしっかり確認する。

「……はい!! 間違いなくネルゲの実ですね。これで依頼達成です」

「はい!!」

「では、報酬はこちらです」

報酬は銀貨四枚。ロランのチームは四人。一人につき銀貨一枚の報酬である。

さっそくチームはクラン内にある『サウザンド』専用の部屋に向かい、報酬を分ける。

「はい、クーア、マッド、テナ。報酬だよ!!」

「「「…………」」」

三人は無言で受け取り、サブリーダーであるクーアが言う。

「あのさ、ロラン……そろそろ、採取依頼やめない?」

「え？」

「あたしたちも全員、冒険者等級がDに上がって、チーム等級はCにまで上がったんだし……そろそろ、もっと稼げる依頼を受けないと」

「そ、そうかな……？　マッドはどう思う？」

「……オレも同感だ」

「え……て、テナは？」

「ん～、私もちょっと、採取依頼ばかりじゃね」

どうやら、ロラン以外全員が『採取依頼に飽きた』ということだ。

ロランは「ううむ……」と唸(うな)る。

「確かに、ボクたち採取依頼しか受けてないよなあ。等級は上がったけど、実戦経験は微妙かも……そりゃあ、薬草採取でゴブリンとか、コボルトとか戦うことは多かったけど」

「ゴブリン、コボルトって……F級の駆け出しが戦うザコじゃん。そりゃ魔獣だし、舐(な)めたらヤバいのはわかるけど。あたしが言いたいのは、魔獣討伐依頼受けてもいいんじゃないか、ってこと」

クーアが杖(つえ)をロランに突き付け、マッドもウンウン頷(うなず)いた。

「オレ……盾士(ガードナー)の実力、試してみたい」

マッドは、レイノルドに憧れて盾士になった少年である。レイノルドと違うのは、大盾と丸盾スタイルではなく、両手に丸盾を装備するスタイルだ。

レイノルドに稽古をつけてもらい、実力は並み以上になった……と、思っている。

「私も、ロビンさん直伝の弓使い、見せたいわぁ」

テナは、弓を引く構えをしてロランを射抜くフリをする。

クーアもウンウン頷き、杖をグッと握る。

「あたしだって、『雷魔法』を鍛えてる。そりゃAレートとかは無理だけど……あたしたちの等級なら、Cレートの魔獣だって相手にできるわ。ロラン、覚悟決めて」

「……よ、よし。じゃあ、次の依頼は討伐依頼にしよう!!」

こうして、チーム『サウザンド』は、初の討伐依頼を受けることにした。

翌日。さっそくクランにある『討伐系』の掲示板を見るが……残念なことに、討伐系の依頼はない。あるのは採取系ばかりだ。

冒険者にとって討伐系の依頼は『稼げる依頼』であり、『強さを試せる依頼』でもあり、『わかりやすく力を示せる依頼』でもある。討伐系の依頼が人気なのは当たり前だった。

昨日、『討伐系を受けよう!!』と意気込んだばかりなので、やや力が抜けてしまうロランたち。

「クラン掲示板には依頼がなさそうだね……だったら、冒険者ギルド行ってみる？」

基本的に、クランに所属しても冒険者ギルドの依頼は受けられる。

四人は冒険者ギルドへ向かう。だが、すでに早朝の『依頼争奪戦』が終わったのか、掲示板の前はガランとしていた。

「うぁぁ～……出遅れたね」

テナががっくり項垂(うなだ)れる。とりあえず、掲示板の前に行くと……討伐系の依頼はあった。

「うわぁ、S＋レート……『ブレイジング・コボルトキング』討伐だって。なにこれ、突然変異したコボルトが東の森にいるから討伐して、って……こういうの、王国の騎士団とかやる依頼じゃないの？」

「……Sレート。北のトレマン湖に住む『怪魚アルレジャ』の討伐か……無理だな」

「こっちはS＋レート。詳細不明のフクロウ魔獣『ネロオウル』が、西にある暗闇(くらやみ)の森に潜んでるって……いやいや、無理ねぇ」

クーア、マッド、テナが掲示板にある依頼を見て渋い顔をする。ロランも、Sレート級の依頼を見てため息を吐(つ)いた。

「ボクらの等級で受けられるのはないね……はぁ、見てよほら、採取系の依頼、C級の依頼いっぱいあるよ。まるでボクらが受けに来るのがわかってたみたいだ」

採取系は相変わらずの多さだ。四人は顔を見合わせ、仕方なく諦(あきら)めようとすると……冒険者ギルドに誰(だれ)かが来た。

「あ、ハイセさん。おはようございますー」

「ん」

「あれ？　一人ですか？」

「ああ」

「あ、そっか。プレセアさんは一人で採取依頼でしたっけ。ささ、ハイセさん好みの依頼、いっぱい入りましたよー」

「なんだよ、俺好みって」

「あのですねー……ハイセさんみたいな人がこのギルドに出入りしてるから、Sレート以上の依頼が他のギルドからも回されてくるんですよー」

「それ、俺のせいじゃないだろ……ったく」

ハイセはミイナとの会話を打ち切り、ロランたちの隣に立つ。ロランたちは、ガチガチに緊張していた。

「…………」

ハイセは、無言で『ブレイジング・コボルトキング』討伐の依頼書を剝がす。

そして、ガチガチに緊張しているロランたちをチラリと見た。

「依頼、受けないのか」

「え⁉　あ、いや、ボクらはその、討伐系受けたいんですけど、等級が足りず、はい‼」

「ふーん」

それだけ言い、ハイセは受付カウンターへ向かった。依頼を受けたハイセは、そのままギルドを出て行った。

「「「「ぶ、はぁぁ～……」」」」

そして、四人はため息を吐いた。

サーシャと同格のS級冒険者にして、現在『最強』と呼ばれる冒険者の一人、ハイセと会話をしてしまった。

クーアは言う。

「まさか、最強の冒険者の一人、ハイセさんが話しかけてくるなんて……なんか、すっごい怖かった」

「ぼ、ボクは緊張した。声裏返ってたよね？　ね？」

「……カッコいい」

「最強かぁ……あれ？　そういえば『最強』って呼ばれてる冒険者、もう一人いなかったっけ」

テナが言う。すると、クーアがため息を吐いた。

「それ、西の国でいろいろやらかしてる冒険者のことでしょ？　確か、一人で最上級ダンジョンを七つクリアした冒険者の話が出たのって」

「そういえば、そんな話あったなあ。すぐに、スタンピード戦で活躍したハイセさんが『最強』って呼ばれるようになったけど。西の、えーと……」

「最西の国、ウーロン出身の冒険者でしょ。ハイセさんと同じく、ソロで活動してるＳ級冒険者。名前は、えっと……」

クーアが思い出そうとするが、名前が出てこない。するとマッドが言う。

「Ｓ級冒険者、『金剛の拳(ヘラクレス)』ヒジリ……最年少でＳ級冒険者になったと聞いた」

「ああ、そんな名前だったわね。歳(とし)はサーシャさんと同じだけど、十五歳でＳ級認定されたとか……十五歳ってあたしと同じじゃん……すっご」

Ｓ級冒険者『金剛の拳』ヒジリ。その名前が、ハイセやサーシャを巻き込んだ大騒動になるとは、この時は誰も予想できなかった。

第一章　金剛の拳ヒジリ

「たのもぉぉぉっ!!」

冒険者ギルドのドアが豪快に開かれた……だが、勢いがありすぎてドアが外れ、ズズンと大きな音を立てて倒れてしまった。

時間は昼と夕方の間くらい。冒険者チームが依頼を終え報告に戻る頃で、今日はどのチームも早く依頼を終えて報告に戻っている。

なので、ギルド内は混んでいる。そして、ドアを開けた何者かに全員が注目する。

その中には、ハイセとプレセアもいた。

「アタシは西のウーロンから来たS級冒険者ヒジリ!!　二つ名は『金剛の拳（ヘラクレス）』!!　この国に、最強の冒険者がいるって聞いてわざわざ遠くからマラソンでやって来たわ!!　さぁ、ええと……なんだっけ、ダークなんちゃらの、えーと……は、ハンペン？　出てきなさい!!」

よく響く声だった。ギルド内の全員が、ミイナと話していたハイセに注目する。

ハイセの隣にいたプレセアはクスッと笑った。

「呼んでるわよ、ハンペンさん――いたっ!?」

ハイセはプレセアのおでこにデコピン。プレセアは涙目でおでこを押さえ、ムスッとする。

どうでもよさそうにハイセは言う。

「無視無視。あんなアホっぽいヤツ、絡まれたら面倒だろ」

「でもでもハイセさん、あの人……すっごい美少女ですよ？　ふふん、あたし、プレセアさん、サーシャさんクラスの美少女です」

「じゃ、帰る」

「相変わらずの無視ぃ……」

ハイセは、ギルド内にいる冒険者たちに「最強はどこ⁉」と聞いているアホっぽい女……ヒジリに見つからないように行こうと決め、プレセアに言う。

「おい、金払うから姿消してくれ」

「お金は間に合ってるわ。そうね……晩ご飯、おごってくれるなら」

「……ったく、わかったよ」

「はい、決まり」

プレセアが指を鳴らすと、ハイセに『精霊』がまとわりついて姿が消える。

ハイセは、プレセアと一緒に堂々とヒジリの隣を横切ってギルドの外へ出ようとした。

「──ちょっと待った」

だが、ヒジリがプレセアの前に立ち道を塞ぐ。

「そこに誰かいるわね？　しかも強い気配……もしかして『最強』かしら？」

「……どうやら無駄みたいね」

プレセアが指を鳴らすと、ハイセの姿が現れた。そして、ヒジリはハイセをジーッと見て近づく。

「……へえ、ヤッパいいわね。死の匂いがプンプンする。いいじゃん」

「チッ……なんだお前。俺に何か用か？」

ハイセは嫌そうに舌打ちして、改めてヒジリを見た。

身長はハイセよりも低く、プレセアよりも少し高い。髪は薄紫色。アメジストのような輝きで、腰まで伸びている長い髪をポニーテールにしている。瞳は濃い紫色で、顔立ちは間違いなく美少女だが、ニヤリと歯を見せて笑う姿は、可愛らしいというより狂犬のように見えた。

服装も独特だ。大きな胸を隠すサラシに、肩が剝き出しのジャケット、腹も剝き出しで、手には鉄板入りの指抜きグローブ。スパッツの上に短いショートパンツ。足も鉄板入りのブーツを履いている。

見た目だけでわかった。ヒジリは格闘家だ。

「アタシはヒジリ。最強の冒険者よ」

「………で？」

「アンタの話、アタシの故郷にも伝わってる。スタンピード戦で大活躍したS級冒険者ってね」

「………」

「もう、わかるでしょ？」

ヒジリは拳をハイセの胸に突き付け、軽いジャブで叩こうとした……が。

「冒険者ギルドで私闘は禁じられている」

パシッと、ヒジリの手を、突然現れたガイストが摑んだ。

ハイセは驚いたが顔に出さないようにする。プレセア、ヒジリは驚いていた。

「なっ……」

「きみか？　ギルド内で騒いでいた冒険者は。悪いが、カードを確認させてもらうぞ」

「……アンタもヤバそう。でも、それ以上に面白そうね」

ヒジリは冒険者カードを出す。それは間違いなく、S級冒険者の証だった。

ガイストはカードを返すと、ヒジリはニヤッと笑う。

「ね、ハイセと戦いたいんだけど。いい？」

「……何度も言うが私闘は禁じられている」

「ふーん。じゃあ、依頼を出すことにするわ」

ヒジリはスタスタと、冒険者ギルドの中心へ。……そして、大声で叫んだ。

「S級冒険者ヒジリが依頼を出すわ!!　依頼内容は討伐系!!　標的はこのアタシよ!!　依頼報

酬は金貨五千枚‼　それと、アタシをあげる‼　お茶くみでも雑用でも荷物持ちでも何でもする‼　腕に自信のある冒険者はかかってきなさい‼」

そして、懐から依頼書を出し、カウンターに叩き付ける。

「依頼、受理しなさい」

「は、は、はいぃっ‼」

ミイナは慌てて依頼を受理。これで正式に、『S級冒険者ヒジリの討伐依頼』が発生した。

「これなら文句ないわよね。そこのアンタ‼　最強の冒険者目指してるなら、アタシの挑戦から逃げるような真似、するんじゃないわよ‼」

ヒジリは、ハイセに指を差してニヤッと笑い、高笑いしながらギルドを出て行った。

ハイセは帰ろうとしたが、プレセアに「約束」と言われ、近くの食事ができるバーへ。

プレセアは、パスタを注文。くるくるとフォークで麺を巻きながら、どこか楽しそうに言う。

「面倒なことになったわね」

ハイセは果実酒を飲み、ため息を吐く。

「あの子、馬鹿だけど間抜けじゃないわ。あなたが周囲から最強の冒険者だって言われているから、あんな行動に出たのね」

「…………」

「きっと、腕に自信のある冒険者はあの子に挑む。そして返り討ちにされる。それが続くと、勝てない冒険者や傍観者たちは『最強の冒険者ハイセならきっと』って思うわ。そうなればもう、あなたが出るしかない。出ないなら『ハイセは勝てないから逃げている』って思われて、あなたの評判が下がる」

「…………」

「しばらくは、あの子に挑む冒険者たちがあふれるでしょうね。金貨五千枚に目がくらんだA～B級冒険者、実力を試したいS級冒険者とか。それに、冒険者同士の私闘は禁止だけど、依頼という形なら問題ない。現に、受理されて掲示板に張り出されていたしね。冒険者ギルドも、まさか自分を討伐対象とした依頼を出すなんて想定していない……受理しないわけにはいかなかったようだし」

「…………」

「ね、ハイセ。どうするの？」

「どうするも何も……興味ない」

「そ。あなたの評判、下がるかもよ？」

「それこそ、興味ない。俺は誰かに評価されたくて戦っているわけじゃない」

「ふぅん……さてさて、どうなるかしらね？」

「は？　何がだよ」

「あなたは『最強』だけど……王都にはもう一人、有名人がいるじゃない。あなたの幼馴染(おさななじみ)

とか、ね」

　ハイセは何も言わずに果実酒を飲み干し、おかわりを注文した。

　一方、冒険者ギルドでの騒ぎを聞いたサーシャ。

「S級冒険者、『金剛の拳』が、ハイセに挑戦状？」

「ああ。そうらしいぜ」

　現在、サーシャはレイノルドと一緒に、クランの執務室でお茶を飲んでいた。

　他のメンバーは用事でいない。レイノルドと雑談していると、先程あった冒険者ギルドでの話を聞いたレイノルドがサーシャに話したのだ。

　レイノルドは紅茶に砂糖を入れながら言う。

「知ってるか？　S級冒険者『金剛の拳』ヒジリ」

　S級冒険者『金剛の拳』ヒジリ。ハイセと同じソロ冒険者で、過去に一人で最上級ダンジョンを七つ踏破。その強さから最強の冒険者と言われていた。

　だが、ハイベルグ王国を襲ったスタンピード戦で、たった一人で千以上の魔獣を屠ったハイセが最強と呼ばれるようになり、ヒジリの名は忘れられた。

「薄紫のポニーテールをなびかせた格闘家だってよ」

「薄紫色……」

「ああ。宝石のアメジストみたいな輝きだってよ。ま、オレはお前の綺麗な銀色の髪が好きだけど」

「き、綺麗……？」

「あ、ああ。お前の髪は綺麗だぞ？　間違いなくな」

「そ、そうか……ありがとう」

「お、おお」

話が逸れ、少し黙り込んでしまう二人。いきなり綺麗と言われ、さすがのサーシャも動揺してしまった。

「あー、とにかくそんな奴だ。西のウーロン出身ってのはわかるけど、あとは知らん」

「そうか……まぁ、特に問題は」

と、ここでドアがノックされた。レイノルドが「おう、いいぜ」と言うと、慌てたようにクランに所属する冒険者の一人が入ってくる。

「さ、サーシャさん‼　大変っす‼　変な女が『サーシャさんに話がある』って‼」

「……なに？」

「その、追い出そうとした先輩を叩きのめしちまって……‼」

サーシャは立ち上がり、クランホームの入口へ向かう。そこにいたのは、床に倒れるA級冒険者が数名。そして、薄紫色のポニーテール少女だった。

「貴様、何者だ!!」

「あー……ごめんね、ちょっと叩いたらノビちゃって。って、あんたがクランマスター?」

「……何者か、と聞いている」

黄金の闘気がサーシャを包み込み、剣を抜いて突き付ける。

「わお……こっちもいいじゃん。って、ヤバいヤバい。あのさ、アタシはヒジリ。この人たちのことはマジでゴメン……で、ギルドでいろいろ話を聞いて、ハイセ以外にも強い冒険者がいるって知って、ここにいるサーシャって子に会いに来たのよ」

「サーシャは私だ」

「わお、やっぱり!!　ね、ね、アタシの依頼、クランで受けない?」

「……なに?」

ヒジリは、嬉しそうにニコニコ笑い、依頼書を突き付けた。

暴れられても面倒なので、クランの応接間に案内されたヒジリ。ソファに座るなり豪快に足を開き、ぴっちり足を閉じ姿勢よく座るサーシャとは対照的だった。

現在、ソファに向き合って座るサーシャとヒジリ。サーシャの後ろにはレイノルドが立ち、ドアの前には先程帰って来たロビン、タイクーン、ピアソラがいる。

ヒジリは、茶菓子のクッキーをモグモグ食べていた。

サーシャは、落ち着いた声で言う。

「S級冒険者『金剛の拳』ヒジリ殿、クラン『セイクリッド』に依頼というのは？」

「堅っ苦しいわねー、もうちょい肩の力抜いて喋(しゃべ)りなさいよ。アンタさ、アタシと同い年だってのに余裕なさそうねぇ」

「用件は」

仲良くなれない。

サーシャは瞬間的に悟り、さっさと用件を聞いて追い出そうと決めた。そもそも、クランに乗り込んできて、仲間に暴力を振るわれたのだ。討伐しても正当な言い訳ができるし、こうやって応接室に通して茶菓子まで出して話を聞いてやるだけでも破格の優しさだ。

ヒジリは、依頼書をテーブルに置いた。

「クラン『セイクリッド』に依頼するわ」

サーシャは依頼書を手に取り確認……そして、目を見開いた。

「討伐依頼。討伐対象は……S級冒険者、『金剛の拳』ヒジリだと？　まさか、自分を対象に討伐依頼を⁉」

「そうよ。そうじゃないと、強い奴と戦えないんだもん」

「それに、報酬が金貨五千枚……⁉」

「アタシの全財産。討伐依頼とか、ダンジョン攻略でお金稼いだの。食べ歩きしたらだいぶ減っちゃったけどね」

「…………」

「アタシは最強の冒険者を目指しているの。スタンピード戦で千体以上の魔獣を一人で屠った冒険者がいて、そいつがアタシよりも強いって聞いてここまで来たの。でも、そいつはアタシに興味ないみたいでねー……だから、まずは周りの冒険者たちと力比べしようと思ってね」

「…………」

「クラン総出で術士もいい。アタシを退治しない？」

ヒジリは、拳をパシッと合わせサーシャに突き付けた。

サーシャは、依頼書をテーブルに置いてキッパリと言った。

「論外だな」

「は？」

「常識人なら、こんな依頼を受けるはずがない。討伐対象を自分にして、冒険者相手に討伐させるだと？　そんなことに何の意味がある」

「もちろん、最強の冒険者になるためよ。ちなみに最強っていうのは、誰よりも強い冒険者ってこと。魔獣より、アタシ以外のＳ級冒険者よりも強いってことよ」

ふと、サーシャの脳裏にハイセがよぎった。一人で戦い続け、強くなろうとする冒険者の姿を。そうさせてしまった自分の姿も思い出す。

きっと、ヒジリはハイセと違う。キラキラした眼は、純粋に『最強』を求めている。ハイセのように『一人でも戦えるための最強』とは違う。

「我々のクランで、この依頼を受けることはできない。用事が済んだら帰ってくれ」

すると、笑みを浮かべていたヒジリの表情が、スーッと冷えていく。

「……アンタさぁ、つまんないわね」

「なに?」

「さっきも言ったけど余裕なさすぎ。いくつかクラン回ったけどさ、アンタが一番つまんない顔してる。アンタ、何のために冒険者やってんの?」

「…………」

「ま、いいわ。今、一番勢いのあるチームって聞いたから期待してたけど、アンタと戦っても得る物はなさそうだわ」

「…………」

ヒジリは立ち上がり、依頼書を手に部屋を出ようとする。

「忠告しとく。アンタ、そのままクラン運営したら、絶対に独裁者みたいになるわよ。自分の言うこと聞かない奴を追放したり、イライラを人にぶつけて不快にさせたり、自分の勝手な意見で思いやったフリしたりね。余裕のないヤツはみんな同じだからさ。じゃーね」

ヒジリは部屋を出た。

サーシャは、震える手で水のグラスを摑むが、そのまま握り砕いてしまった。

「……独裁者、か」

まるで、ハイセを追放した自分を、ヒジリに見抜かれたような気がした。

ハイセは、プレセアと二人で町を歩いていた。

「当たり前だけど、あなたもお買い物するのね」

「……なんで付いてくるんだよ」

「暇だから。で……何のお買い物？」

ハイセはめんどくさそうに言った。

「禁忌六迷宮……そこへ挑む準備だ。必要なものは山ほどあるからな」

「ああ、そういえばあなた、禁忌六迷宮に挑むのよね」

ハイセが用意しているのは、長期間の旅を想定した道具の準備だった。

テント、ランタン、寝袋、椅子にテーブル、医薬品。他にもナイフ、鍋に食器など、壊れた時のためにと大量に購入しては、アイテムボックスに入れていた。

「いくつか、禁忌六迷宮に関する情報が手に入ったからな……準備を始めないと」

「……ふぅん」

　この日、プレセアは日が暮れるまで、ハイセの買い物に付き合うのだった。


　数日後。

　ハイセは禁忌六迷宮に挑む準備を進めつつ、討伐依頼を終え冒険者ギルドに報告。そのまま解体場へ向かい、討伐魔獣を査定に出していた。

　すると、解体場のリーダーであるデイモンが言う。

「なあハイセ、お前さん……あのヒジリとかいう冒険者に挑戦しないのか？」

「またその話か……もう飽き飽きだよ」

　デイモンは「かかか」と笑い、ハイセの狩ったSレート魔獣『キルラカマキリ』の腕をコンコン叩く。

　キルラカマキリは、両腕が鎌になっている巨大昆虫型魔獣。ハイセの『散弾銃(ベネリ・ノヴァ)』で頭が粉々に破壊され即死状態。ハイセにしては珍しく、いい状態での持ち込みにデイモンはご機嫌だ。

「けっこう話題になってるぜ。あのヒジリに挑んだ冒険者はこの数日で五十人くらいで、全員が十秒以内に返り討ちだとか。中にはS級もいるらしい。さらに驚いたことに、ヒジリは『能力』を使ってないとか」

「へえ」

「へえ、って……興味ないのか？」

「ない。デイモンさん、早く査定。俺、腹減ってるんだ」

「へいへい。ギルド内でも話題だぜ？　ヒジリは性格こそアレだが、見てくれは美少女だからなぁ。下心丸出しのアホとかは股間を潰されて『再起不能』にされたらしいぜ」

「怖いなぁ……」

「ははは。なあハイセ、久しぶりにメシでも食うか？　こいつは鎌と核ぐらいしか使い道ないし、残りは廃棄するしかねぇからな。解体はすぐ終わるぜ」

「いいよ。デイモンさんとメシなんて久しぶりだな」

ハイセは、ヒジリのことなどまるで頭になく、冒険者をやっていた。

それから、ヒジリがハイベルグ王国に来て二十日ほど経過した。
ヒジリは、宿屋のベッドに寝転がり大きな欠伸をする。

「あー……つまんない」

七十六人目の冒険者をコテンパンに叩きのめした後、挑戦者がさっぱりだった。

どうやら、噂が回ったようだ。S級冒険者ヒジリの強さは本物。タイマンでは勝ち目がない。チームで挑むしかない……チームでも負けた……これ以上相手をして負けると、自分たちの名に傷がつく。

そういう結果になり、最終的には。『S級冒険者ハイセ、S級冒険者サーシャが、調子に乗っているS級冒険者ヒジリを倒してくれる』……そんな話になるのに、時間はかからなかった。

さらに、ハイセとサーシャのどちらが強いのか？　そんな話にまで発展した。

「早く来ないかしら、冒険者ハイセ……ふふっ、早く闘りたいわ」

ヒジリは待つ。最強の冒険者と戦うその日まで。

ハイセは、酒場で盛大にため息を吐いた。
「はぁ～……」
「やれやれだな、ハイセ」

「ガイストさん……なんとかしてくださいよ」

ガイストに誘われ、酒場に来たが……ハイセは噂にウンザリしていた。

「俺とサーシャのどっちが強いかとか、ヒジリを倒すのはどっちかだとか、俺が二人を手籠めにしてるとか意味わからんのもあるし……」

「そういう噂は気にならんのだろう？」

「限度ってもんがありますよ……そういや、ヒジリは何してるんです？」

「あいつは、冒険者ギルドが紹介した宿に寝泊まりしているぞ。最近は挑戦者もいないようで暇しているようだ……恐らく、お前を待っているぞ」

「…………」

「なあハイセ。ヒジリの挑戦を、受けてやったらどうだ？」

「え……？」

「あいつは、力を持て余している。うまくガス抜きしてやれ」

「俺がですか？」

「ああ」

「……ガイストさんがやるのは？」

「無理だな。今のワシでは、太刀打ちできんよ」

「えー……絶対嘘(うそ)でしょ、それ」

「まあ、考えておけ。ところで、禁忌六迷宮に挑む準備は進んでいるのか？」

「ええ。物資を大量に用意したいんで、商会に注文しています」

「やはりお前か……いくつかの商会が、ワシのところに礼に来た。軍の遠征レベルで物資を注文した冒険者がいると。大口の注文が入ったと喜んでいたぞ」

「あー……まぁ、禁忌六迷宮に挑む準備ですし、物資はいくらあってもいいですからね」

「ふ……お前ほどではないが、サーシャも準備を進めているぞ。ワシのところに、長期遠征に関する相談に来た」

「…………」

「東方にこんな言葉がある。『備えあれば患いなし』……準備は入念にな」

「はい、わかりました」

ハイセは頷き、もう一度ガイストと乾杯をした。

酒場でガイストと別れたハイセは、宿に向かって歩いていた。すると……帰り道にある大衆食堂の中から、満足そうにお腹をさするヒジリが出てきた。

ポニーテールを揺らし、「ふぁ～満足!!」と言い、ハイセに気付く。

「あ、ハイセ」

ハイセは、無視して歩き出した。すると、ヒジリが付いてくる。

「無視しないでよ。ね、そろそろ戦う気になった？」

「ならな……」

『──お前がガス抜きしてやったらどうだ？』

「……む」

ガイストの言葉が蘇り、ハイセは押し黙ってしまう。

「お、悩んでる。むふふ、いろいろ噂聞いてるでしょ？　アタシ、もう挑戦者いなくて暇なのよ。依頼報酬の金貨五千枚も、四千九百枚になっちゃったし」

「お前、報酬使い込んでるのかよ」

「仕方ないじゃん。生活費も含めて金貨五千枚って言っちゃったし」

「というか……この短期間に金貨百枚も？」

「うん。王都のご飯、おいしいんだもん」

ニコッと笑うヒジリ。そして、ハイセの腕を取る。

「ね、戦おうよ？　アンタが勝ったらアタシを好きにしていいよ。まぁその、そういう経験ないけど……えっと、みんなアタシのこと『美少女』とか『いい身体してる』とか言うし」

「お前、恥ずかしいならそういうセリフ言うなよ」

「う、うっさい!!　とにかく……うん、ちょっと飲まない？　アタシけっこうお酒好きなのよ」

「…………」

ヒジリは『最強』を目指している。その理由が少しだけ気になったハイセは、ヒジリと飲むことにした。

向かったのは、ハイセが何度か通っているバー。依頼後、一人でよく飲むお気に入りの場所の一つだが、最近はプレセアも付いてくることが多かった。

「あら、いらっしゃい。ふふ……今日は違う女の子連れているのね」

「え、そうなの？　ふーん」

「勘違いするな。それとマスター、そういう誤解招くようなのは……」

「ふふ、ごめんなさいね」

マスターは微笑み、ハイセとヒジリはカウンター席へ。ウェルカムドリンクで、甘いリンゴジュースが二人の前に出され、ヒジリはニコニコしながらグラスをハイセに向ける。だが、ハイセは一気に飲み干した。

「むう、乾杯くらいしてもいいじゃん」

「お前に聞きたいことがある。お前が最強を目指すわけは？」

「あ、マスター、辛いのある？　お酒はシュワッとするやつで!!」

ヒジリは聞いていない。注文を終えると、頬杖(ほおづえ)をつきながら言う。

「アタシが最強を目指す理由だっけ。そりゃ、アタシが強いからよ」

ヒジリがそう言うと、ヒジリの前に小さな魔石が埋め込まれたプレートが置かれた。マスターが指で軽く触れると、魔石が赤くなり熱を帯びる……簡易的なホットプレートである。

その上に鍋を置く。鍋には赤い野菜や香辛料が入っており、肉なども多く入っていた。

鍋が熱せられると、ふわりといい香りが漂う。

「わぉ、おいしそう!!」

「ドワーフ族が考案した鍋料理よ。レッドチリ、レッドペッパーと、オーク肉を入れてあるわ。少し煮込むと、と〜っても辛い味になるわ」

「ん〜最高。今の気分にピッタリかも。早く煮えろ〜……むふふん」

そして、鍋が煮えるまでの間、ヒジリは言う。

「アタシ、捨て子だったの」

「……」

「知ってる？　西国ウーロンは海沿いにあって、武術が盛んな国なの。アタシが捨てられてたのは、西国で最もオンボロで最弱って呼ばれてる『ウィングー流』の道場前……アタシのおばあちゃんが創設した武術の道場なの」

「……ウィングー、流？」

「うん。コンセプトは『女だって拳を握る!!』って。おばあちゃんって若い頃モテモテでさ、いろんな男の人に言い寄られて、けっこう苦労したみたい。だから襲われないようにいろんな武術学んで、自己流にアレンジして作ったんだって。でも、女の創設者とか馬鹿にされて、弟子どころか後継者もいない……おばあちゃん、若い頃はモテモテだったけど、四十超えたらもう誰も寄ってこなくなったとかで、生涯独身だったわ」

「……」

「で、捨て子だったアタシは後継者として育てられました、って感じ。いやー……地獄の日々だったわ。とにかく鍛えて、技を叩き込まれた。おばあちゃん、すっごく楽しそうでさ、キツい毎日だったけど、アタシも楽しかった」

「……」

「おばあちゃん、いつも言ってた。『女だって拳を握っていい。男に勝つ女がいてもいい。女が最強になってもいい』って……最強は、おばあちゃんの夢で、それを聞いて育ったアタシの夢」

「……」

「アタシが冒険者登録をした日、おばあちゃんは言ったわ。『売られた喧嘩は買え。自分から売ったら何が起きても逃げずに戦え』って。そして『もう教えることはない。頑張りな』って。その話聞いて、ちょっと外に出て日課のトレーニングして帰ったら……おばあちゃん、死んでた。アタシにもう教えることないって満足したみたいに。椅子に座ったまま、満足そうに微笑んでた」

「……」

「アタシ、おばあちゃんに見せるんだ。おばあちゃんの技と、アタシの能力。どんな魔獣にも、どんな相手にも負けないって。だからアタシは戦うの。最強を目指してね」

「……」

「お、いい感じに煮えたかも」

ヒジリは鍋を食べ始め、「か、辛ッ!?　水水みずっ!!」と叫んで水を一気飲みした。

ハイセはカクテルを飲み、考えた。

「最強、か」

自分とは全然違う。まっすぐで、眩しい『最強』だ。

「あっちちち……これがアタシの理由。納得できた？」

「……ああ」

「で、どう？　戦ってくれる？」

ハイセはグラスを置き、ヒジリを見た。

ヒジリは鍋を完食していた。身体ごとハイセに向き、不敵な笑みを浮かべている。

「ハイベルグ王国ではハイセが一番強い。サーシャとかいうのも期待したけど、あれはダメね」

「サーシャに会ったのか？」

「うん。余裕なさそうな感じで、突けば破裂しそうな子だった。あれ、ほっとけば破裂して自

滅しそうだし、興味ないわ」

「……」

「ま、そんな奴のことよりアンタよ。どう、戦う？」

「……わかった」

「え、マジ‼」

ヒジリは笑顔を浮かべた。

「ただし、サーシャと戦って勝ったらな」

「……はぁ？」

「一つ言っておく。サーシャは強い……舐めると、やられるぞ？」

「えー？　あんなのに、アタシが負けるわけないじゃん」

ハイセは前を向き、おかわりのカクテルを注文した。

◇◇◇◇◇

サーシャは、一人で夜の酒場街を歩いていた。

たまには一人で飲みたい。理由は、ヒジリに言われたことが尾を引いているからだ。

『忠告しとく。アンタ、そのままクラン運営したら、絶対に独裁者みたいになるわよ。自分の言うこと聞かない奴を追放したり、イライラを人にぶつけて不快にさせたり、自分の勝手な意見で思いやったフリしたりね。余裕のないヤツはみんな同じだからさ。じゃーね』

一言一句、思い出せた。それくらい、サーシャの胸に突き刺さった言葉だった。

「……そんなつもり、ない」

仲間は宝。そう思う気持ちは変わっていないし、独裁者になるつもりなどない。

確かに今は余裕がない。クラン運営、クランマスターとして多忙な毎日だ。

サーシャは、有名になることが、誰かに評価されたりすることにようやく気付いた。自分をよく知るレイノルドたちとは違う視点で見られると、余裕のなさが見えるのだろうか。

「……喉、渇いたな」

ポツリと呟き、サーシャは顔を上げる。

夜の酒場街は、キラキラしている。大通りに並ぶのはほぼ酒場。お酒の匂いは当然だが、肉や魚の焼ける匂いや、料理を作る音、冒険者や住人たちの笑い声がよく聞こえる。

サーシャは、大通りから細い路地に入る。

ここは、個人経営の小さなバーが多く並ぶ場所だ。サーシャは迷いなく歩き、一軒の小さなバーのドアを開ける。

「いらっしゃいませ。おや……久しぶりですね、サーシャさん」

「マスター、久しぶり」

バー・追想の淡雪。入り組んだ路地の一角にある、小さなバーだ。

サーシャはここに数年通っている。不思議なことに、このバーに人がいるところを見たことがない。ここは、レイノルドたちも知らない。サーシャだけの秘密の場所だ。

「ウェルカムドリンクをどうぞ」

「……ありがとう」

雪のように白い、甘いホワイトカクテル。サーシャはそれを一気に飲み干した。

「マスター、少し酔いたい……強いのをくれ」

「かしこまりました」

マスターは、数種類のリキュールをシェイカーに入れる。

それを眺めながら、サーシャはポツリと言った。

「私、もっと楽観的になればいいのかな」

マスターがシェイカーを振り、グラスに中身を注ぎ、チェリーを添える。

サーシャの前に出されたのは『淡雪』……このバー、オリジナルのカクテルだ。

サーシャは『淡雪』に口を付ける。甘く深く濃厚な味わいが口の中に広がる。そして、するりと喉を通って火を点けながら胃の中へ。お腹の中でも燃えているような感覚だ。

「マスター、私……余裕、ない？」

「余裕、ですか？」

「うん。言われたの……私、余裕ないって。いつか独裁者みたいになるって……ハイセを追放した時の私は、もういないって思ってたのに……違ったの。私の胸の奥に隠れてただけ。それを……初めて会った子に見透かされた。私、誤魔化してただけ……」

口調が変わり、饒舌になっていた。

ここは、サーシャが素を曝け出せる場所でもあった。不思議と、マスターには何でも話せたのだ。

マスターの年齢は六十代。初老で物腰の柔らかさが安心感を与える。真っ白な髪は綺麗に整えられ、オシャレなのか白い口髭は綺麗に整えられている。

「サーシャさんは、頑張っていますよ」

「頑張ってる、か……」

頑張るのが、悪いことだとは思わない。仲間や、クランの冒険者たちとも上手くやれているとは思う。ここ最近、イライラしたり誰かに当たることはない。

「……あぁ」

「サーシャさん、考えすぎるのはよくありません。今だけは、心を空っぽにしてください」

「空っぽ……私、空っぽ」

がっくりと項垂れ、おかわりのカクテルを注文する。

ここに、ハイセも、レイノルドたちも知らない。弱い女の子のサーシャがいた。

マスターは、カラフルな飴玉(あめだま)をグラスに盛り、サーシャの前へ出す。

「いろいろ、溜(た)め込(こ)んでいるようですね」

「……うん」

「サーシャさん。あなたの悩みの原因は私にはわかりません。ですが、これだけは言えます。あなたには大勢の仲間がいる。その人たちに吐き出してみては？」

「……レイノルドたちに？　こんな私を見せるの？」

「弱さを見せることは罪ではありません。本当の罪は、弱さを隠し続け、本当の自分を偽ることです」

「……偽り」

「サーシャさん。私から見たあなたは、頑張り屋で、優しい女の子です。でも、他の人から見れば厳格なクランマスターに見えたり、S級冒険者『銀の戦乙女(ブリュンヒルデ)』に見える。つまり……見方は、人それぞれです。見方によって、サーシャさんはいろんなサーシャさんなんですよ」

「……」

「サーシャさん。あなたから見て、私はどうですか？」

「マスターは……優しい、大人の男性……父親みたいな、神父様みたいな……」

「実は私、暗殺組織の元締めなんです」

「は⁉」

サーシャはガバッと身体を前に出した。だが、マスターはクスクス笑う。

「もちろん、冗談です。ですが……私にも、あなたの知らない顔がありますし、人には言えないことも、弱さもあります。でも、このバーでマスターをやっている私は、あなたの知る私なんです」

「……」

サーシャは思う。ハイセを追放した自分も、クランマスターである自分も、S級冒険者である自分も、全部が『サーシャ』であり、自分の姿である。

「……私は、囚(とら)われすぎたのか」

「そうですね。きっと……サーシャさんが認めたくない自分を見透かされたのでしょう。だから、それを直視してしまい、落ち込んだ」

「……マスターはすごいな」

「ただ、歳(とし)を取っているだけですよ」

「……そうか。ふふ、私は私。あの時の私も、自分を見つめ直した今の私も、全(すべ)て私なんだ」

サーシャは、残ったカクテルを飲み干した。

すると、今度は少し気分が高揚してきた。

「あの依頼を冷静に否定する自分も私。そして……私を舐めたような眼で視るヒジリを、コテンパンに叩きのめしたいと思う自分も私。ふふ、なんだかいい気分になってきた」

「悩みは晴れましたかな?」

「ああ。なんだか思い切り暴れたい気分になってきた」

「ここでは勘弁してくださいよ?」

サーシャは笑い、マスターも苦笑していた。

第二章 ▼ 『銀の戦乙女』サーシャVS『金剛の拳』ヒジリ

ヒジリは、再びクラン『セイクリッド』に来た。

ハイセが「サーシャを倒せば戦う」と言ったので、気乗りはしなかったが、サーシャに挑むためにクランへ来たのだ。

サーシャに用事があるとクランの受付で伝えると、応接間へと案内された。

そして、数分と待たず、チーム『セイクリッド』の五人が集まった。

「待たせたようだな」

「別にいいわよ。ま、アタシからの用事だったしね」

ピアソラの額に小さな青筋が浮かぶが、ロビンが袖をクイクイ引いて抑える。

サーシャはヒジリと向かい合い座る。

「あのさ、ハイセが言うのよ。『俺と戦いたければ、サーシャを倒せ』って」

「あ？　あのガキ……サーシャを当て馬に」「静かに!!」

ピアソラがキレそうになるが、ロビンが抑えた。

これには、レイノルドも面白くなさそうだ……そもそも、この場にいる全員が、ハイセがそんな風に言ったことを、初めて聞いたのである。

　何も知らなければ『ハイセはヒジリの相手が面倒だからサーシャに押し付けた』ようにしか見えない。だが、サーシャは怒りもせず、無表情だった。

「それで、どうするつもりだ？」

「もちろん、アンタを倒す。悪いけど、今度は逃がさないわよ。アタシ、ハイセに夢中なのよ。アンタなんか相手にしてる暇ないくらいね」

「そうか」

「アンタのことだし、アタシから逃げるような言い訳いっぱい用意してると思うけどさー」

　次の瞬間、サーシャは一瞬で傍に置いてあった剣を抜き、ヒジリの眼前に突き付けた。

　これには、ヒジリだけではない。レイノルドも、タイクーンも、ピアソラも、ロビンも驚いていた。まさかサーシャが、こんな風に喧嘩を……いや、宣戦布告とも取れることをするなんて思いもしなかった。

　同時に、サーシャの身体が黄金に包まれる。

「……お上品でつまんないお姫様かと思ったけど」

「おや……最初に出た言葉が、そんな『お上品』な言葉とは。少しガッカリしたぞ。獣のように飛び掛かってくるかと思ったが」

「ささ、サーシャ⁉　ちょ、ど、どうしたの⁉」

慌ててロビンが止める。サーシャは剣を下ろし、ロビンに向かってニッコリ笑った。

「なに、少し吐き出したらスッキリしてな。私は私らしくしようと決めただけだ」

「え……？」

「クランのために、クランマスターとしての私が『私』になりかけていたが……本当の私は、喧嘩を売られれば怒るし、お腹が減ったらたくさん食べたいし、お風呂には二時間ゆっくり浸かりたいし、少し甘めのお酒を飲みながらキャンディを舐めたい。そんな私も私なんだ」

「さ、サーシャ……？」

「すまなかったな。みんな。私は最近、余裕をなくしていたようだ。クランマスターとして正しくあろうとしすぎて、いろいろ限界だった」

サーシャは、「ふぅー……」とため息を吐く。

四人は意味がよくわからず「？？？」と首を傾げた。が……すぐにレイノルドは苦笑した。

「なんかよくわかんねーけど、いい顔するじゃねーか」

そして、タイクーン。

「意味が理解できん。だが一つ忠告する。冒険者同士の『私闘』は禁止されているが、正式な手順を踏んだ『決闘』なら認められている。戦いの手続きをするならボクがやっておこう」

ピアソラはガタガタ震えていた。

「か、か、か、カッコいい……あぁぁん!!　やっぱり私、サーシャ以外考えられない!!」

未だにポカンとしているヒジリはようやく立ち直り、サーシャをジッと見た。

「……ふふん。いい顔になってんじゃん。サーシャ、これまでの非礼を詫びるわ。改めて、アンタに決闘を挑む。依頼とかじゃない、冒険者同士の決闘よ」

「受けよう」

サーシャは即答する。

冒険者同士の私闘は禁止されている。だがヒジリは『依頼』という形で自分に賞金を懸け、冒険者に襲わせ無理やり戦った。これしか冒険者と戦う手はないと思われた。

が、正式な手順を踏めば、『決闘』が可能である。

その手順はいろいろ面倒だ。ギルドマスターによる承認が必要であり、S級冒険者同士ならハイベルグ王家の承認も必要である。戦闘場所、立会人、細かなルールなども決められ、初めて戦える。

タイクーンは、ヒジリに言う。

「手続きはこちらでやっておく。ルールに関して、決闘者同士が一つずつ好きなルールを制定できる。S級冒険者ヒジリ、キミが追加するルールは？」

「手は抜かないこと」

「……了解した。サーシャ、キミは？」

「手加減しないこと」

「……はぁ～、了解した」

タイクーンは、いつの間にか手にしていた羊皮紙にルールを書く。

小声で「もしかしたら似た者同士かもな……」と呟くと、サーシャとヒジリが同時にタイクーンを睨み、さすがのタイクーンも誤魔化すように咳払いをする。

「決闘、楽しみにしてるわ」

「ああ。本気でやらせてもらおう」

こうして、サーシャとヒジリの決闘が行われることになった。

◆◆◆◆◆

Ｓ級冒険者『金剛の拳』ヒジリ対Ｓ級冒険者『銀の戦乙女』サーシャ。

決闘は、ハイベルグ王国北東の『見晴らしの荒野』にて。

立会人はＳ級冒険者『闇の化身』ハイセ。同じくＳ級冒険者『武の極』ガイスト。同じくＳ級冒険者『万能薬』アポロン。

ルールは『どちらかが戦闘不能になるまで』であり、立会人三名のうち二名が続行不能と判断した場合か、どちらかの敗北宣言にて終了とする。

決闘において命を奪われた場合、報復は禁ずる。

第三者の介入があった場合、立会人の権限において如何(いか)なる者だろうと排除してよし。

ガイストに呼ばれ、渡された羊皮紙を見たハイセは、いつの間にか立会人に指名されていたことに驚いた。

「……あの、これ」

「諦(あきら)めろ。そもそも、お前がヒジリを焚(た)き付けたのが原因だ。それと、そこには書かれていないが、チーム『セイクリッド』のメンバーと、ハイベルグ王族も立ち会うことになっている」

「王族も？」

「ああ。そもそも、決闘を許可したのは王族だ。S級冒険者という強大な戦力同士を戦わせる許可なんて、ギルドだけで出せるはずもなかろう」

「…………」

「他言無用だぞ。このことが知られれば、野次馬がわんさと集まるからな。決闘時間は明日の早朝。ギルドの馬車でそれぞれ送迎する」

「なるほど。あれ？　このS級冒険者『万能薬』ってのは？」

「ハイベルグ王国最高の回復術師だ。クラン『アスクレピオス』のクランマスターであり、ワシャバルバロス……あー、国王陛下の古き友人だ」

「へぇ……」

「とにかく、明日は遅刻するなよ」

「はい。じゃあ、今日は依頼を受けないで帰ろうかな」

　そう言い、ハイセは部屋を出ようとした。

「ハイセ」

「はい？」

「……なぜ、お前はヒジリを焚き付けた？　しかも、自分ではなく、サーシャを狙うように言った？」

「……じゃ、また明日」

　ハイセは答えず、部屋を出た。そして、扉の前で小さくため息を吐く。

「……言えるわけない」

　サーシャを馬鹿にされたから。サーシャのすごさを、ヒジリは知らないから。

　だから、自分で戦うよりサーシャに戦ってほしい。そう思ったから……そんなこと、ガイストにもサーシャにも言えるはずがなかった。

サーシャを乗せたギルドの馬車が、『見晴らしの荒野』に向かう。

馬車の中はサーシャ一人。腕を組み、目を閉じ、集中する。

これから、戦いが始まる。冒険者として魔獣と戦うのではない。これから戦うのは人間だ。

しかも、かなりの強敵。

「………」

サーシャは無言で揺られていた。

そして、冷静に考える。S級冒険者『金剛の拳』ヒジリ。サーシャは、初見でヒジリが強者と見抜けた。恐らく、サーシャと互角。

サーシャは、これまでの冒険者人生で……人間と戦い、手に掛けたことはある。

はじめての相手は盗賊だった。

まだ、ハイセが『セイクリッド』にいた頃だった。たまたま依頼で立ち寄った農村が、盗賊の襲撃に遭い、サーシャたちは自分を守るために戦った。

初めての対人戦。手が震え、歯がカチカチと鳴ったことは今でも覚えている。

が……小さな女の子の父親が、女の子の目の前で斬られたのを見て、サーシャは激高した。

今のように、冷静でいられなかった。『ソードマスター』としての剣技を全力で振るった。

血肉が飛び、悲鳴が飛び交った。それが盗賊の悲鳴と気付いた時……全て、終わっていた。

初めて人を手に掛けた時、サーシャは一週間、まともに食事ができなかった。

「……懐かしいな」

ハイセがいたから立ち直れた。あの時のサーシャの傍には、ずっとハイセがいてくれた。

でも、ハイセはもういない。恐らくだが、ヒジリとの闘いは、命懸けになるだろう。

「ふっ……」

だが、サーシャは笑っていた。どこか、楽しみにしている自分がいる。

「これも、私か……」

そして、馬車が停止。ドアが開き、サーシャが降りる。

十メートルほど先に、馬車から降りたヒジリが現れた。

「来たわね、サーシャ」

「ああ」

感じられるのは、闘気。

顔つきが違う。子供っぽいような感じが消え、戦いに飢える獣のような眼をしている。

それは、サーシャも同じだった。

「アンタは、アタシが最強を目指す壁の一つ。その次はハイセよ」

「悪いが……そう簡単に越えられるような壁ではないぞ」

サーシャとヒジリは、飢えた獣のような笑みを互いに浮かべていた。

サーシャとヒジリが到着する一時間ほど前。

ハイセ、チーム『セイクリッド』の面々、ハイベルグ王族であるクレスとミュアネ、そしてその護衛である騎士たちは、先に『見晴らしの荒野』に到着した。

最後に到着したハイセは、すでに来ていたガイストへ挨拶する。

「ガイストさん、おはようございます。早いですね」

「ああ。ワシは昨日のうちに来て、この辺りの魔獣を始末しておいた。周囲を少々強く威嚇したから、Sレート以下の魔獣は近づかんだろう」

「そ、そうですか……威嚇するだけで魔獣が近づかないとか、すごいですね」

少し離れた場所に、レイノルドたちがいる。そして、その先には天幕があり、ハイベルグ王族の紋章が刻まれていた。

今、気付いたが、レイノルドたちと一緒にクレスとミュアネが一緒にいて笑い合っている。

挨拶するのも面倒なので、ハイセは目を合わせないようにする。

すると、ハイセの背後にそれは現れた。

「あらぁぁ〜ん!!　アナタがハイセちゃんねっ!!　うぅぅんいい男じゃなぁぁ〜いっ♪」

「ッ!?」

　ハイセは思わず銃を向けそうになった。すると、ガイストが言う。

「アポロン、驚かしてやるな」

「ガイちゃん!!　ンふふン、いいじゃなぁぁい？　素敵なオトコは活力!!　エネルギーなんですもンッ!!」

「……ぁ、あの」

「ああ、紹介する。こいつがアポロンだ。Ｓ級冒険者『万能薬』アポロン……あー、こう見えて、Ｓ級冒険者では最高の回復術師でもある」

「ンフフゥン、よろしくねぇん♪　んちゅっ!!」

「ヒッ」

　アポロンにキスされそうになり、ハイセは全力で飛びのいた。

　Ｓ級冒険者『万能薬』アポロン。

　純白の修道女服には黄金の刺繍が施され、手にはキラキラした宝石がいくつもはめ込まれている杖が握られている。

　だが……何故だろうか。アポロンはどう見ても『男性』だ。全身が筋肉の塊で、修道女服が今にも裂けてしまいそうなくらいガチムチだ。顔も厳つく、髪は剃っているのか毛がない。が、頭皮にはファイアパターンの刺青が入り、耳には大量のピアス、顔には派手な化粧が施され、真っ赤なルージュがとんでもなく目立っていた。

どういう種族なのだろうかと、ハイセは本気で悩んだ。新種の人型魔獣とすら考えていた。

「あー……困惑する気持ちはわかるが、こいつは『女の心を持つ男』だったか？　そういう奴だと思え」

「あン!!　女じゃなくて乙女!!　乙女のココロを持つ少女よン!!」

渋い声で、腰をフリフリしながらガイストに近寄るアポロン。どう見ても、不審者以外の何者でもなかった。

ガイストは盛大にため息を吐く。

「ハイセ。アポロンはこう見えて『教会』の枢機卿だ。そして『聖王』という能力を持ち、教会に所属する全ての回復術師たちのトップでもある。見ろ、ピアソラが青ざめているだろう」

「あ、ほんとだ」

レイノルドの陰に隠れるように、ピアソラがいた。青ざめ、こちらを見ていない。

「教会、でしたっけ。ピアソラが所属していたってことしか知らないですけど……そこのトップが冒険者で、その……すごいヒト？　なんですよね。なんで冒険者を？」

「そりゃ、あたしが『自由』だからねン。ウフフッ」

「……そ、そうですか」

　意味がわからないので、ハイセはスルーした。

　ハイセが知っているのは、能力名が判明した時、回復系能力者は全員、『教会』への報告と所属義務が発生するということだけ。

　男性能力者は『修道士』となり、女性能力者は『修道女』となる。そして『聖女』の能力を持つ修道女は『大聖女』と呼ばれている。

　アポロンは男性であり、世代に一人しか現れることがない『聖王』の能力を持つ、全ての回復術師のトップでもある存在だった。

「とりあえず、怪我に関しては心配が必要なくなった。アポロンがいれば、仮に死んでも一日以内なら蘇生可能だからな」

「そ、そうなんですか？　すごい……」

「すごくなんてないわ」

　と――アポロンは急に真面目な顔になり、ハイセの右目……眼帯に、そっと触れた。

「ごめんなさいね……」

「え？」

　アポロンは、ハイセに申し訳なさそうに言う。

「あなたが右目を失った時、ガイちゃんから連絡をもらったのよ。あなたの傷を治してほしい、って……でも、間に合わなかった」

「……………」

「一日以内なら、四肢を失っても、首から下がなくなっても、一本の状態でも蘇生できる。でも……一日を過ぎちゃうと、駄目なのよ。あたしは……あなたの治療、間に合わなかった。たまたま王都の外にいて、連絡を受けた時にはもう、一日過ぎてたの……」

「そうなんですか……」

「ガイちゃんには大きな借りがあってね。ガイちゃんのお願いなら何でもするつもりだった。でも……何もできなかった」

「アポロン、もういい」

ガイストがアポロンの肩を叩いた。

「そんな後悔をさせるために呼んだわけじゃない。今日の決闘で、サーシャとヒジリが怪我をしたら、傷一つなく治してやってくれ」

「ウン!!　あたし、頑張っちゃう!!　ガイちゃん、大好き!!」

「それはやめろ。ハイセ、すまんな……今は、そういうことにしてくれ」

「あの、俺なんとも思ってません。それに、右目がないのに慣れましたから」

それ以上のことは話さなかった。すると、馬車が二台到着する。

馬車から降りてきたのは、サーシャとヒジリだ。

「よし、行くぞハイセ、アポロン。立会人の仕事だ」

「はぁいっ♪」

「わかりました」

決闘は、間もなく始まる。

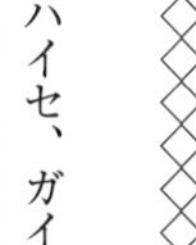

ハイセ、ガイスト、アポロンの三人は、向かい合うサーシャとヒジリの元へ。

「双方、準備はできているようだな」

「当然!!」

「はい、ガイストさん」

「イキのいい女の子たちネェ♪　ん～可愛い、あたしにもこんな時があったわねぇ～」

腰をクネクネさせるアポロン。微妙に距離を置くハイセは、サーシャとヒジリを交互に見た。

すると、ヒジリがハイセに向け拳を向ける。

「次、アンタだから」

「……余裕かましてる場合か？　ちゃんと前見ろよ」

サーシャの眼が、深く、冷たく沈んでいく。ヒジリも気付き、サーシャに向き直る。

ガイストはコホンと咳払いをし、二人に言う。

「これより決闘を始める。立会人は私、ハイセ、アポロンの三名。お前たちのどちらかが敗北を認めるか、我々のうち二名が戦闘不能と判断した場合、そして我々が止める前にどちらかが死亡した場合に勝者となる。双方倒れた場合は、立会人が確認の元で勝者を決める。それと、決闘の邪魔は我々が絶対にさせん……安心して、全力を出せ」

「ウフフン。邪魔するコがいたら、あたしが優しく抱きしめちゃうから安心してネ!!」

ギチギチミチミチ……と、アポロンの右腕の力瘤が膨れ上がり、袖が破裂してギチギチの二の腕があらわになった。アポロンは「キャッ、いやん!!」と腕を隠すと、どういうわけか服が一瞬で修復される。あの腕でシメ上げられたら脱出は不可能だろう。

サーシャとヒジリは頷き、互いに距離を取った。

ガイストは、ハイセに言う。

「ハイセ、開始の合図を」

「……俺がですか?」

「ああ。それくらいはいいだろう?」

「まあ……わかりました」

ガイストたちは下がり、サーシャとヒジリの間に立つハイセ。

「二人とも、始めるぞ」

ハイセが右手を掲げると、その手に握られたのは『単発式号砲（スターターピストル）』だった。

ヒジリが右手を前に、左手を自分の胸の前に構える。

サーシャは剣を抜き、顔の横にまで持っていき、柄尻（しり）に手を添えた。

「それでは――……始め」

ハイセが『単発式号砲』の引金を引くと、破裂音がした。同時に、サーシャとヒジリは飛び出した。

サーシャは黄金を纏（まと）い、ヒジリは特に変化がない。だが、ハイセは気付いた。

「マジか、サーシャと互角⁉」

少し離れた場所でレイノルドが叫ぶ。

レイノルドだけじゃない。ピアソラも、ロビンも、タイクーンも驚愕（きょうがく）していた。

ガイストは「ほう」と呟いた。

「ドラァ‼」

右のショートアッパーを、サーシャは顔を少し傾けただけで躱（かわ）す。そして、ほんの少しだけ下がり横薙（な）ぎ――……だが、ヒジリは剣の刃にそっと触れ、真上に押し上げて軌道を変えた。

「ッ⁉」

「ドララララララララァァァァァッ‼」

「――チッ」

ヒジリの右拳だけで放たれる高速のラッシュ。超接近しての攻撃をサーシャは躱せない。

だが、サーシャの黄金が腹部に全集中し、ヒジリの拳を防御した。

そして、互いに距離が離れる。

「かったぁ……そのキラキラ、なに？」

「驚いたな。私の『闘気壁』を三層まで破るとは……」

「アンタの剣も速いじゃん。アタシの『刃流し』で受け流せないかと焦ったわ」

「ふん……では、行くぞ!!」

サーシャは、黄金を両足に集中し、噴射させる。

これにはハイセも驚いた。

「……あの黄金の光、あんなこともできるようになったのか」

サーシャの新技、『闘気流動』である。

サーシャは、黄金の闘気を全身に纏い、身体能力を強化したり、剣に乗せて放つ攻撃を得意としていた。が……これは燃費が悪く、全力でも十分ほどしか戦えない。

そこで、サーシャは闘気を全身ではなく、身体の一部だけに集中させて使う術を鍛えた。

検証を重ねた結果、全身強化より部分強化の方が疲労も少ないことに気付き、技術を磨いたのである。

「黄金剣、『光連刃』!!」

「!!」

　全力の連続斬り。

　ヒジリはバックステップで刃を躱し、両手で叩き落とす――……が、躱し切れず一撃、頬をスパッと切られ血が噴き出した。

「まだまだ!!」

「くっ……!?」

　脚力を強化し、爆発するような加速――一瞬でヒジリの間合いに入り、剣を振るう。

　速すぎる――これを見たピアソラは歓喜の笑みを浮かべた。

「すごい!!　やっぱりサーシャは無敵ィィィ!!」

「……なんて子だ」

「……クレス、気付いたか」

「ふふふ、そこの男ども、サーシャのすごさにようやく気付きましたの?」

「「違う」」

　と、レイノルドとクレスは同時に言い、ピアソラはムッとする。

　タイクーンは眼鏡をクイッと上げ、ロビンとミュアネは首を傾げた。

「気付かないのか?」

「な、何をですか?　そ、そうやって知ったようなことを」

「もうタイクーン、もったいぶらないで教えてよ～」

「……やれやれ」

タイクーンは心底呆れていた。こうして会話している今も、サーシャの猛攻は続いている。

「……大したものだ」

「そうねぇ～」

ガイストとアポロンは、すでに気付いていた。そして、ガイストは感心したように言う。

「確かにサーシャの攻撃は凄まじい。『ソードマスター』の能力の一つである『闘気』の使い方もかなり上達した。部分強化……『剣聖』クロスファルドがあの領域に到達したのは、三十代後半だったはず。才能だけじゃない、相当な努力もあっただろうな」

「でもでもぉ～……ヒジリちゃんよねぇ？」

「ああ。ふ……ハイセも気付いたようだな」

ガイストは、心底感心したように微笑んでいた。

ハイセは、ガイストたちやレイノルドたちから離れた場所で、一人呟いた。

「……すごいな」

「何がすごいの？」

「見てわからないのか？　……って、お前!?」

ハイセの隣には、なぜかプレセアがいた。

こっそり付いてきたのだろうか。悪びれもせずにおり、ハイセはため息を吐く。

「……お前、その消えたりする力、悪用してるんじゃないだろうな」

「するわけないでしょ。で……何がすごいの？」

「見て気付かないか？」

「……？」

サーシャの猛攻をヒジリは受け、躱し、叩き落とす。

少しずつ、サーシャの顔色が悪くなっていくのがわかった。

「見ての通り、全身強化したサーシャとヒジリは互角なんだ。わかっただろ？　ヒジリは、何の強化も施していない、純粋な身体能力だけで、黄金の闘気を纏うサーシャと互角なんだよ。それに……見ろ、あいつの目、サーシャの攻撃を目で追って躱し……反撃の機会を探ってる」

プレセアも気付いた。剣を紙一重で躱し、ニヤリと笑うヒジリの顔を。

「──見えてきた」

「くっ……」

そして、ヒジリはやや乱れてきたサーシャの振り下ろしを拳で弾き、ガラ空きになった腹にそっと手を添えた。

「――‼」

「すっごく痛いから――『通背砲(つうはいほう)』‼」

添えた手がサーシャの腹から少し離れた瞬間、猛烈な衝撃がサーシャの全身を貫いた。

見えたのは、ヒジリが踏み込んだ瞬間、地面に亀裂が入ったこと。

食らったのは掌底。衝撃が背中を突き抜け、サーシャは吹っ飛ばされた。

「つが……⁉」

地面を転がり、すぐに体勢を立てて立ち上がる、が……猛烈な嘔吐感に襲われ吐いた。

吐瀉物(としゃぶつ)ではない。吐き出されたのは真っ赤な血。胃が損傷し、出血したのだ。

地獄の苦しみに涙が出そうになるが、サーシャは耐えた。

ヒジリは掌底を構えたままだ。

「サーシャ‼」

「落ち着けピアソラ。今、サーシャに近づいたら反則負けだぞ」

「で、でも……」

レイノルドがピアソラの肩を摑(つか)む。レイノルドも辛(つら)そうだが、サーシャを見て言う。

「それに見ろ。サーシャは諦めていない」

サーシャは立ち上がり、口元の血を拭い、乱れた髪をかき上げる。

綺麗な銀色の髪が光に照らされ、キラキラと輝いた。さらに、全身を包む黄金の光がこれまでにないほどの輝きを見せる。

「……ふふっ」

サーシャは笑った。決して、ヒジリを舐めていたわけではない。

でも、言うしかなかった。

「初めて……本気を出せそうだ」

「本気って……アンタ、アタシを舐めてる？　最初から本気で来なさいよ。こっちはマジなんだからさ」

「そうじゃない……私の戦闘スタイルは、『仲間との連携』を前提とした戦い方なんだ。レイノルドが守り、ロビンが援護し、タイクーンが補助し、ピアソラが癒す……そして、私が攻める。これが私たちの戦い方」

「ふーん」

ヒジリは興味がないのか、再び拳を握り構える。

サーシャは剣をヒジリに向け、これまでと違う構えを取る。身体を屈めて剣を真横に構え、左足を前に出し半身となる。

レイノルドが困惑した。

「な、なんだ……？　いつもと違うぞ」

「……キミたちも見たことがないのか？」

クレスがレイノルドに聞くが、答えたのはタイクーン。

「ボクたちチーム『セイクリッド』は、状況に応じていくつもの戦闘パターンを用意している。それぞれの役目はもちろん、技の種類、戦闘位置、最初の一手、それぞれの『役目』に応じた戦闘スタイルがあるが……ボクが知る限り、あんな構えは見たことがない」

「あ、あたしも知らない……」

「ろ、ロビンもですか？　ピアソラは？」

「知りませんわ……」

ミュアネの確認に、ロビンとピアソラは首を振る。

タイクーンは、疑問をそのまま口に出した。

「なんというか、その……サーシャらしくない、『雑』な構えに見える」

ハイセだけが、気付いていた。

「あの構え……」

「知ってるの？」

「ああ。あれは、ガイストさんに弟子入りする前。我流で剣を覚え始めたサーシャがよくやってた構えだ。レイノルドが仲間になる前、ガイストさんに矯正されたはず……」

ハイセも驚いているのか、プレセアの問いに素直に答えた。

そして、「フッ」と小さく微笑み、どこか嬉しそうに言った。

「どうやら……戻ったみたいだな」

「え？」

「……そういや、俺とガイストさんしか知らないのか。暴れん坊だった頃のサーシャを」

「……？」

プレセアが首を傾げる。少し離れた場所にいるガイストは、頭を抱えて苦笑していた。

「行くぞ」

「ふふん、来なさ――」

ヒジリが答えた瞬間、サーシャの立つ地面が爆発した。

ギョッとするヒジリ。サーシャは地面を踏み砕き、砕けた地面に向けて剣を振り、風圧だけでフッ飛ばしてきたのである。

地面、というか大地の塊が飛んでくる。

直径十メートルはあるだろうか。砕くこともできたが、ヒジリは真横に跳んで躱す……今はサーシャを見失う方が高リスクと判断した。

が、サーシャがいない。

「はぁ⁉」

いた。吹っ飛ばした地面に剣を突き刺し、土の壁にピッタリくっついていた。

てっきり、目隠しかと思ったヒジリ。

サーシャは黄金を身に纏い、大地の塊をヒジリに向けて叩き砕き、破片を飛ばす。

「舐めんなぁ‼　ドララララララァァァァッ‼」

両拳によるラッシュで破片を砕く。

ヒジリのラッシュもまた暴風を巻き起こし、大地が砕けたことで発生した土煙も吹き飛ばす。

サーシャは……いた。真正面からヒジリに向かって跳んできた。

このまま接近し、連続攻撃を繰り出すつもりだろう。

「もう一回ブッ飛ば――」

次の瞬間、サーシャは剣を投げた。

ヒジリに向かってまっすぐ、剣士の命である剣を迷わず投げた。

「なッ⁉」

剣を手放すとは思わなかった。

黄金を纏った『銀聖剣』を素手で弾こうと考えたが、濃密すぎる黄金を纏った剣を、生身の
ヒジリは止められないと判断……叩き落とすのではなく、必要最小限の動きで回避。

攻撃を中断し、身体を横にして剣を躱した――が。

「お返しだ」

「ッ⁉」

なぜ、サーシャが超接近してヒジリの真横にいるのだろうか。

ヒジリが剣を回避した瞬間、黄金の闘気がサーシャの全身を包み込む。

よく見ると、サーシャの手には小さなナイフがあった。剣を投げたことで『ソードマスター』の力が消えたかと思ったが、ナイフを手に持つことで再び力を発現させたのだ。

サーシャはヒジリの懐に潜り込む。そして、放たれるのは、サーシャの拳。

サーシャの拳が、ヒジリの腹にめり込む。ヒジリは吐血しながら吹っ飛ばされた。

「ぶ、っぐぇぁ‼　げほっ、ゲホッ……‼」

「一発だ。ふふ、ソードマスターの拳も効くだろう？」

「や、っぱぁ……おっもぉ、ばぁ、っちゃん並みぃ……く、ふふふっ」

ヒジリは立ち上がり、口から血をペッと吐いて腹をさすり、首をコキコキ鳴らし、深呼吸。

サーシャは黄金の闘気を紐状にして伸ばし、鞭のように振って剣を掴んで回収した。

剣士らしくない、下品な闘気の使い方だと、今までやらなかった技の一つだ。

「クッソ楽しくなってきた‼　サーシャ、やるじゃん‼」

「まだまだここからだぞ？　ようやく、身体が温まってきた」

「そうね。ここからね!!　くふふっ……ひっさしぶりに使わせてもらうわ!!」

ヒジリが五指を開き、両手を開くと――大地の土、石などが砕け、ヒジリの腕や足にくっついた。そして、土が固まり、石の材質が変わり……鋼の籠手(こて)、鋼の具足となる。

「久しぶりに、アタシも能力使うわ」

能力、『メタルマスター』。

マスター系能力の一つにして、『土や石から金属を精製可能』という能力。

鉄、鋼、銅、ミスリル、オリハルコン、ダマスカスと、この世にはいくつもの金属素材が存在する。ヒジリは土や石さえあれば、その素材を作り出すことができる能力を持つ。

ヒジリは主に、籠手や具足などの『武器』を精製し、身に纏っていた。

「おばあちゃんの『ウィングー流八極拳』と、アタシの『メタルマスター』を組み合わせた、アタシだけの技……S級冒険者『金剛の拳』ヒジリの超全力、見せてやるわ!!」

「面白い!!　さぁ、戦おう!!」

ヒジリとサーシャの戦いは、最終局面へと入った。

◆◆◆◆◆◆

何分、経過したのだろうか。

ヒジリの全力は凄まじかった。両手両足に精製した金属の籠手、具足を装備してサーシャの剣を叩き落とし、防御を無視した連続攻撃を放っている。

武器を精製するだけじゃない。ヒジリは金属の盾や壁を精製して目くらましにしたり、短刀を何本も作ってサーシャに投げたりと、戦術の幅がかなり広かった。

対するサーシャも、先程までとは違い、闘気の出力が数倍以上に跳ね上がっている。

いつもなら、闘気を抑えつつ、仲間との連携を前提とした戦術で剣を振るう。だが今は一対一での戦い。そして、自身に匹敵か、それ以上の強さを持つヒジリが相手なのだ。出し惜しみなどできるはずもないし、するつもりがなかった。

恐らく、数分と持たない。だが、速度では圧倒的にヒジリを上回っていた。

スピードのサーシャ、パワーのヒジリか。ヒジリの拳がサーシャの鎧を砕き、サーシャの胸を抉り血が噴き出す。サーシャの斬撃がヒジリの背中を裂き、大量に出血した。

それでも、二人は笑っていた。笑い、闘志をむき出しにして殴り、斬り合っている。

「あはは‼　楽しい、楽しいよサーシャ‼　もっと、もっと、もっとやろう‼」

「当然だ‼　ああ、身体が軽い……もう誰にも、止められない‼」

ヒジリの右腕に『オリハルコン』の籠手が精製される。

サーシャが剣を振りかぶる。

ヒジリの右ストレートと、サーシャの振り下ろしが真正面から激突。籠手は砕け、サーシャは後方に吹っ飛ばされ地面を転がった。

もう、喧嘩にしか見えなかった。ヒジリは武術もクソもない。オリハルコンの拳を精製し、殴る蹴るを繰り返す。サーシャに拳を砕かれても、同じように作り出しては殴る。

サーシャも、力任せに剣を振っているようにしか見えない。鋭い牙のような斬撃は見る影もない。二人は互いに地面に倒れ、フラフラと立ち上がった。

顔は血に染まりつつも、笑っていた……が、身体はもう限界のようだ。

「……ケリ、つけましょ」

「……ああ」

互いに深呼吸し……カッと目を見開いた。

ヒジリは両手を掲げると、地面の石や土が空中に集まり、巨大な『右手』と『左手』が形成される。

大きさはそれぞれ全長十メートル以上。キラキラと透き通るような、『金剛の拳』が浮かんでいた。

「『金剛拳』‼」

対するサーシャは、全身の闘気を剣に集中。

全長十メートルを超える、巨大な『黄金の聖剣』が手に握られていた。

「『黄金神話聖剣』‼」

黄金の聖剣と、金剛の拳。

互いに最強の技が現れ、周囲を圧倒した。

レイノルドが冷や汗を流し、頬をヒクつかせながら言う。

「ま、マジか……」

「防御する。全員、ボクの後ろへ‼」

タイクーンが魔法障壁を展開。驚いたまま硬直するレイノルドをクレスが引っ張り込んだ。

プレセアが右手を突き出し『守れ』と呟くと、精霊による不可視の盾が形成された。

ガイスト、アポロンは何もしない。ただ結果を見守ろうとしている。

「「勝負‼」」

互いに叫び、それぞれ最強の技が真正面から激突した。

サーシャの一閃(いっせん)、ヒジリの金剛の拳が真正面から衝突——— 閃光が輝いた。

意外なことに、衝突の音がしなかった。

どういう原理なのか、サーシャとヒジリの間には輝きだけがあり、金剛の拳と黄金の聖剣が激突し、力が反発し合っても音がしない。

眩(まぶ)しくて何も見えない——— だが、ハイセは見た。

サーシャの黄金が消えかけ、ヒジリの金剛の拳に亀裂が入り……唐突に爆(は)ぜた。

ハイセは飛び出した。

「くっ……」

だが見えない。ヒジリがどこに飛んだのか、サーシャがどこに飛んだのか。

飛び出した先に、どっちがいるのか。

ハイセは自分の直感を信じ、手を伸ばした。そして、その手が掴んだのは。

「……」

サーシャだった。

完全に気を失っていた。だが、剣を手放していない。

閃光が消え、近くにヒジリも倒れていた。

身体は酷い状態だった。鎧は砕け、鎧下も引き裂かれ素肌が見えている。だが、大きな胸は抉れて血塗れになり、裸とは別の意味で目を反らしたくなった。右腕も砕けているのか、骨が一部飛び出している。

ぐったりするサーシャをそっと地面に置き、ヒジリを抱き起こす。

「あ、アタしの……か、ち……っ」

両腕が砕けているのか、肘から指先まで赤黒くなり、パンパンに腫れている。全身ボロボロで血塗れだが、それでもヒジリの眼はギラギラしていた。

勝利への執念……ハイセは手を上げ、ガイストたちに言う。

「この勝負、ヒジリの勝利だ!!」

双方倒れた場合は、立会人が勝者を決める。

サーシャを、そしてヒジリを見てきたハイセの判断を、ガイストは疑わない。一度だけアポロンを見ると、ガイストに向かってニッコリ頷いた。

「よし。立会人の判断の結果——勝者、ヒジリとする!!」

こうして——サーシャとヒジリの戦いは、ヒジリの勝利で幕を閉じた。

◆◆◆◆◆◆

意識のあるヒジリと、完全に気を失ったサーシャ。勝負の結果は、ここにあった。

アポロンが杖でサーシャを軽く叩くと、傷と衣類、鎧まで完全に修復された。同じく、ヒジリの傷もアポロンによって完治する。

傷が治ると、二人は目を覚ました。

「サーシャ!!」

「む……レイノルド?」

「あぁん!! サーシャ、無事でよかったぁぁぁん!!」

「ピアソラ……それに、タイクーン、ロビン?」

「お疲れ、サーシャ」

「お疲れ様。もうすごかったよぉ～!!」

　仲間に囲まれ、サーシャは立ち上がる。サーシャは、すでに立ち上がっているヒジリを、そしてハイセを見た。

「この勝負、ヒジリの勝利だ。最後の一撃、サーシャは完全に気を失っていたけど、ヒジリは意識があった。勝利への執念……ヒジリの方が上だったな」

「……そう、か」

　サーシャは俯くが、ヒジリが近寄ってサーシャの顔を、両頬をガシッと摑んだ。

「俯くなんて許さない。いい？　アンタはメチャクチャ強かった。アタシ、勝ったなんて欠片も思ってないからね。勝つなら完膚なきまで叩きのめす……ってわけで、悪いわねハイセ。最強の称号はアンタに預けておく。アタシが満足できる形でサーシャに勝ったら、アンタに挑むから!!」

「ああ。わかった」

「むぐ……あの、離してくれないか」

「サーシャ、もう一回勝負するわよ。もっともっと鍛えて、もう一回!!」

　ヒジリはニヤッと笑い、ようやくサーシャから手を離す。

　サーシャは「はっ」と笑い、自分の胸をドンと叩いた。

「次は勝つ。お前のおかげで理解できた……一対一、対人戦の経験が私には足りない。見ていろ……次は絶対に負けない」

「フン、面白いじゃん」

サーシャは拳を突き出すと、ヒジリは自分の拳をサーシャの拳に合わせた。

「んん～!!　ライヴァル誕生の瞬間ネ!!　熱いわぁ～!!」

「アポロン。少し黙っていろ」

ガイストがアポロンを押しのけ、二人の間へ。

「この勝負、ヒジリの勝ちとする。双方、結果に不服はないな？」

「「はい」」

立会人が終了の宣言をしたので、決闘は終わった。ハイセは帰ろうと踵(きびす)を返した瞬間だった。

「ハイセっ!!」

「ぬぁ!?」

なんと、ヒジリが背中に飛びついてきた。

「さっきも言ったけど、もうちょい待ってて。次は完膚なきまでサーシャをブッ倒して、アンタに挑むから!!　やっぱりアンタの言った通りだった。サーシャは強い!!」

「お、おい!!　くっつくな!!」

「なんで？　ふふん、言っておくけど、一番興味あるのアンタだからね。なんとなくだけど、アンタはサーシャと戦うよりヤバい気がする。ふふふ、血湧き肉躍るっ‼　ね、アンタの宿はどこ？　アタシ、そっちに引っ越すわ」

「はぁ？　おい、離れろ‼」

ぐにぐにと、ハイセの背中にヒジリの胸が押し付けられる。すると、プレセアがハイセの腕を引っ張った。

「帰るわよ」

「いや、勝手に帰れよ。つーか引っ張んな‼」

「………………」

プレセアが無言で腕を引く。心なしかムスッとしているような気がした。

すると今度はサーシャが近づいてきた。

「……あー、ハイセ」

「な、なんだよ」

「お前がヒジリをけしかけた理由を知りたかったが、忙しいようだな。フン……まぁいい。いずれ話してもらうからな」

「いや、忙しいって……これが忙しいように見えるか？」

ヒジリが背中にくっつき、プレセアが腕を引いている状況だ。どこか怒っているような……ハイセにはそう感じた。

「では、またな」

そう言い、サーシャはレイノルドたちの元へ。

ハイセはヒジリとプレセアを引き剝がした。するとガイストとアポロンが来た。

「お前という奴は……」

「モテモテちゃんねぇ？　フフ、若い頃のガイちゃんみたいネ」

「勘弁してください……」

「ね、ハイセちゃん。ちゃぁ～んと、サーシャちゃんのフォローしなきゃダメよ？」

「フォロー……何をですか？」

「フフフ。あたし、アナタのこと気に入ったわ。今度一緒にお茶しましょうネ‼　じゃあ、バイバァ～イ♪　ちゅっ♪」

「ひぃっ⁉」

アポロンのキスを辛うじて回避したハイセは、ガイストの背中に隠れた。腰をクネクネ振りながらアポロンは自分の馬車に乗り、ハイセとガイストに向かって手を振って帰っていく。

「全く……とにかく、帰るぞ」

「は、はい……あー、なんか疲れた」

「ああ。それにしても、凄まじい戦いだった。マスター級能力者の戦いなんて久しぶりだったからな」

「ですね。俺も、ヒジリがマスター級だなんて思いませんでした」

　ヒジリは、プレセアと何かを話している。ケラケラ笑っているようで、プレセアの腕を引いてサーシャたちの元に合流し、そのままサーシャとプレセアを自分が乗って来た馬車に乗せてしまった。

「ハイセ。これから大変だぞ」

「え？」

「ふ……サーシャ、プレセアだけかと思ったが、ヒジリも加わるかもな」

「……？？？　あの、どういう」

「年寄りの戯言だ。さて、帰る前にハイセ……お前に話がある」

「このタイミングで、ですか？」

「ああ。ヒジリ、サーシャの決闘が終わってから話そうと決めていた。この話を最初に聞けば、決闘を放り投げて優先する可能性があったからな」

「……そこまで大事な話ってことは、まさか」

　ガイストは、周りに誰もいなくなったことを確認し、静かに呟いた。

「禁忌六迷宮についての情報。お前に話しておこう」

第三章　禁忌六迷宮『デルマドロームの大迷宮』

サーシャとヒジリの決闘から一週間が経過。ハイセは、ガイストに呼ばれギルマス部屋に来ていた。

「お前に、指名依頼が来ている。クラン『神聖大樹（ユーグドラシル）』のマスター、アイビスからだ」

「指名依頼？　四大クランの長が、俺（おれ）に？」

「先の、スタンピード戦でお前の話を聞いたんだろう。で、どうする？」

「そう聞くってことは、俺が受ける気ないって思ってますよね」

「ああ。そろそろ、出発する頃だと思ってな……」

ハイセは、討伐依頼を受けながら、旅立つ準備をしていた。

「そういえば、ガイストさんからもらった禁忌六迷宮の情報……以前、一人だけいた、デルマドロームの大迷宮から脱出した人物がいるって話ですけど……」

「ああ。間違いない……というか、南方でその話は禁忌だ。その脱出した人物というのが、四大クランの一つ『巌窟王（がんくつおう）』のクランマスター、バルガンだからだ」

「バルガン……そいつから、話を聞いてみます」

「気を付けろ。噂だが、バルガンにその話をした者は殴り殺されたとか……まぁ、噂だろうがな。ワシの知るバルガンは無口で、理由なく他人を殴るような奴じゃない」

「ガイストさん、知り合いなんですか?」

「まぁ、若い頃に少しな。というか……禁忌六迷宮に挑戦して逃げ帰った冒険者がバルガンというのも、調査をして初めて知った。全く、相変わらず自分のことを話さん男だ。と……それよりハイセ、準備はどうなった?」

「一応、終わりました。念のため確認作業をしています」

ハイセは、新しいアイテムボックスを買った。時間停止機能があり、広さも小さな町が一つ入るくらい大きな、恐らくこの世界で最も高級なアイテムボックスである。

ここに、大量の野営道具、食料を入れていた。

食料は約二年分、野営道具は二百名分である。道具の損傷などで使えなくなった場合に備えての準備だ。やや過剰気味だが、準備が入念なのに越したことはない。

古いアイテムボックスにも、大量の食糧や水を保管してある。薬草、傷薬、医薬品も大量に用意して保管してある。

禁忌六迷宮に挑む……ハイセがついに、夢への一歩を踏み出す時だ。

「使える武器は五十を超えたし、切り札もできた。射撃訓練で全部の武器を使えるようになった。後は俺がヘマをしなければ、禁忌六迷宮をクリアできる」

「……本当に、行くんだな？」

「はい。禁忌六迷宮をクリアして、俺は最強の冒険者になります」

「一人で、か？」

「はい」

そこに迷いはなかった。かつて、仲間に裏切られ、追放され、たった一人でここまで強くなった少年の、本気の答えだった。

もう、ガイストは何も言えない。

「わかった。依頼の方は断っておこう」

ガイストは頷き、アイビスの依頼書を丁寧に折りたたんだ。

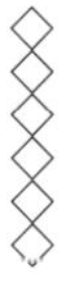

「何ぃ？　断っただとぉ？」
そう驚き言ったのはアイビス。四大クランの一つ、『神聖大樹』のクランマスターである。
実は、スタンピード戦後からずっと王都にいたアイビス。
最近姿を見せなかった理由は、王都に『神聖大樹』の支部を作るためであり、王都内をクランマスター自ら奔走していたからである。ヒジリとサーシャの戦いを見逃し、たいそう悔しがっていたのはつい最近のことだ。

　クラン『セイクリッド』の執務室にあるソファでゴロゴロしていたアイビスは、ガイストが直々に持って来た『不受理』の依頼書を見て唸る。

「S級冒険者がS級以下に命じるのは断りにくいが……同じS級同士だ。たとえ指名依頼でも、断るのに問題ない」

「むぅぅ……久しぶりに、ハイセに会えると思ったんだがの」

　依頼書を折って紙飛行機にして、アイビスはゴミ箱へ飛ばす……紙飛行機はきりもみ回転しながらゴミ箱へ入った。

　ガイストは、執務をするサーシャの机に、一枚の羊皮紙を置いた。

「お前宛てに、指名依頼も来ている」

「え……？」

「断っても構わんぞ。その時は、ワシがやるからな」

　羊皮紙を確認すると、そこに書いてあった依頼者の名前が『ハイセ』だった。

　驚き、内容を確認する。

「……なるほど」

「そういうことだ。どうする？」

「受けます」

「わかった。こちらで処理をしておこう」

ガイストはポケットから判子を取り出し、『受理』の印を押した。アイビスは首を傾げ、サーシャの顔、ガイストの顔を交互に見る。

「む？　何か面白いことでもあったのかの？」

「ふ……若者の心は難しい、ということだ」

ガイストは苦笑し、「？」を浮かべるアイビスはソファに転がった。

朝食を食べたハイセは、宿の受付カウンターに多めに金貨を置いた。

「延長、三か月分。ちょっと南方まで行く。部屋はそのままにして、掃除だけよろしく」

「……はいよ」

店主は新聞を広げ、足下の瓶に金貨を入れた。ハイセが宿を出ると、プレセアがいた。

「南方、禁忌六迷宮に挑むのね」

「……ああ」

歩き出すと、プレセアも付いてくる。ハイセはチラッとプレセアを見たが、プレセアは付いてくる気満々のようだ。

ため息を吐き、歩きながら言う。

「お前、付いてくる気か？」

「ええ」

そのまま、二人並んで城下町を歩いていると、ハイセは言う。

「これから向かうのは南方。ディザーラ王国だ」

「ええ」

「俺は『デルマドロームの大迷宮』に行く。まぁ……お前のことだから、俺の仲間だとか言いそうだし、姿を消してこっそり付いてくるかもしれないな」

「さぁ、どうかしら」

「俺に、仲間はいない。俺は一人で、禁忌六迷宮に挑む」

「…………」

「悪いな。お前はここまでだ」

ハイベルグ王国の王都南門。門を抜けた先にいたのは、サーシャだった。

「サーシャ？　どうしてここに――」

プレセアが疑問符を浮かべた瞬間、サーシャの手刀がプレセアの首に叩き込まれ、プレセアの意識が刈り取られた。ぐったりするプレセアを、サーシャが抱きかかえる。

「依頼達成だ。報酬はギルドからもらってくれ」

それだけ言い、ハイセは歩き出す。その後ろ姿に、サーシャは言う。

「ハイセ」

「…………」

「私たち『セイクリッド』は、準備が整い次第、西方にある『ディロロマンズ大塩湖』を攻略する。お前は知らなかったようだな。ガイストさんが集めた禁忌六迷宮の情報は二つ。一つはお前、もう一つは私だ。お前が先に禁忌六迷宮に挑むが……私は、負けないぞ」

「…………」

ハイセは振り返る。サーシャは、近くの木の根元にプレセアを優しく下ろし、ハイセに近づいた。

「お前はお前の道を。私は私の道を進む。私は最高のチームで、お前は最強の冒険者として、禁忌六迷宮を攻略しよう」

「ああ」

「ハイセ、一つ聞いてもいいか?」

「何だ?」

「私は、再び……お前と幼馴染(おさななじみ)の関係に、戻れるか?」

「無理だな。俺はもう、お前の後を付いていたハイセじゃない。俺は冒険者ハイセ。お前も、冒険者サーシャだろ?」

「そうだな。だが……同じ頂を目指す同士として、お前を見送ろう」

サーシャは剣を抜き、ハイセに向ける。

ハイセは散弾銃（ベネリ・ノヴァ）を具現化し、サーシャの剣と交差するように合わせた。

「気を付けて行け、ハイセ。無事を祈っている」

「ああ……お前もな」

この日から半年……ハイセは、ハイベルグ王国から完全に姿を消した。

「え、ハイセいないの？」

「ああ。砂漠の国へ向かった。しばらくは戻らんだろう」

「えー……つまんないの」

ハイセが旅立った数日後。依頼を終えたヒジリがガイストの元へ遊びに来た。

最近、ハイセがいない……そのことについて聞きに来たのだ。

ガイストにどこへ行ったか聞き、禁忌六迷宮についての詳細も聞いた。

「ヒジリ。お前は禁忌六迷宮に興味はないのか？　かつて最上級認定されたダンジョンを七つ制覇したそうだが」

「アタシがクリアしたのは、迷宮じゃなくて討伐系のダンジョンよ。戦うならともかく、迷宮で彷徨(さまよ)ったりとかストレスたまるわ」

討伐系ダンジョン。迷宮と違い、各階層に階層ボスと呼ばれる魔獣が存在するダンジョンだ。討伐系ダンジョンの特徴は迷路がなく、一本道が殆(ほとん)どである。

「お前らしいな」

「ま、そうよね。ねぇガイストのおっさん。ハイセが帰ってくるまでさ、アタシと戦わない？」

「悪いが、もう現役(げんえき)ではないのでね」

「嘘(うそ)ばっかり。今も鍛えてるって感じがするけど。じゃあさ、ハイセとかサーシャのこと教えてよ。肉でも焼きながらっ」

「……やれやれ」

ガイストは苦笑し、ヒジリと焼肉を食べに行くのだった。

砂漠の国ディザーラ。熱線のような日が常に差し、夜は逆に凍り付くような寒さが特徴の砂漠地帯である。
ハイセは、ディザーラの宿を取り、禁忌六迷宮の一つ『デルマドロームの大迷宮』について

の情報を集めた。ガイストの情報だけでは充分とは言えない。現地の新鮮な情報も手に入れる必要があった。

冒険者に聞き、冒険者ギルドの図書室で調べたり……十日ほど時間をかけ、集めた情報を整理する。

「デルマドロームの大迷宮。噂では砂漠にある巨大遺跡って話だったけど……その通りだな」

かつて、この地に住んでいた『魔族』が治めていた大国家。魔界の財宝という財宝が集められた宝物庫には、想像を絶する『お宝』があるという……真偽は不明らしいが。

ディザーラの南にある、砂漠のど真ん中に存在する巨大遺跡。

禁忌六迷宮の特徴として、『一度入ると踏破するまで脱出は不可能』というのがある。

だが、過去に一度だけ、踏破せずに脱出することに成功したチームがあった。

それは、四大クランの一つ、『巌窟王』……現在はディザーラ王国で最高の鍛冶師集団としてクラン運営をしている。

「『巌窟王』のクランマスターに話を聞きたいけど……」

実はハイセ。ディザーラに到着してから、冒険者ギルドを経由して『巌窟王』のクランマスターに会いたいと打診をした。が……未(いま)だに返事はない。

ディザーラに来て十日。そろそろ、出発したい。

窓の外を見ると、綺麗(きれい)な夜空が輝いていていた。

「明日、もう一度ギルドで聞いてみるか」

翌日。ハイセは冒険者ギルドへ行くと、ギルドマスターにしてＳ級冒険者『女氷』のシャンテがギルドのど真ん中に立っていた。

「来たわね、ハイセ」

「え、あ……はい」

『女氷』のシャンテ。『氷魔法』の能力を持つ二十九歳。

冒険者を引退して四年経ち、引退の理由が『婚活する』ためという、なんともいえないギルドマスターだ。

腕の立つＳ級冒険者によく求婚してはフラれていることから『求婚』のシャンテという二つ名まで付いていた。

長い水色のポニーテール。褐色に焼けた肌が健康的で、引き締まったスタイルは魅力的だ。顔立ちもよく、唇がぷっくりしているのがまた美しい。

シャンテが歩くと冒険者たちが道を譲る。二十九歳という年齢は、冒険者にとって一番脂の乗った年齢であり、経験、実力が充実した時期でもある。引退したシャンテだが、今がまさに冒険者としてベストコンディションなのは間違いない。

「『巌窟王』のクランマスターと連絡取れたわ。あなたに会ってもいいって」

「本当ですか⁉」

「ええ。クランの場所、わかる？」

「ええと……」

「仕方ないわね。私が案内してあげるわ!!」

ハイセの肩をガシッと掴むシャンテ。すると、近くにいた冒険者たちがヒソヒソ言う。

「なぁ、ギルマスの奴、『巌窟王』のクランマスター狙ってるってマジなのか？」

「マジみたいだぜ。『巌窟王』のクランマスターに用事あるなんてS級冒険者、滅多にいないしな。こんなおいしいチャンス、逃すわけねぇだろ」

「さっすが『求婚』のシャンテ……『ハイエナ』のシャンテでもいいんじゃね？」

次の瞬間──噂話をしていた冒険者二人の足下に、鋭い『氷柱』がビギィン!!　と立った。

その先端が、冒険者の喉元まで迫ったところで凍結が止まる。

シャンテが、ニコニコしながら言う。

「何か言った？」

「何でもありません!!　すみませんでしたぁぁぁ!!」

冒険者二人は下がり、土下座した。

ハイセも青くなる。シャンテに掴まれた肩が、少しだけ凍り付いていたのだ。

「じゃ、案内してあげるわ」

「お、おねがいします……はい」

ハイセは、シャンテだけは怒らせないようにと気を引き締めた。

ハイセは、シャンテに案内され、城下町の一角にある『鍛冶工房区』という、鍛冶を生業とするドワーフたちが住む区画に到着した。

ここに住むのは全員がドワーフであり、全員が冒険者。この区画全てが『巌窟王』のクランホームだ。

「区画を丸ごと、冒険者クランのホームに……」

「正確には、ディザーラ王国が、クラン『巌窟王』のクランホームを取り込んだのさ。数百年前まで、ディザーラ王国には『鍛冶工房区』なんてなかったらしいからねぇ」

「へぇ……」

ハンマーと鉄の音が響き、周りには職人たちが闊歩している。工房だけではなく、武器防具屋も多くあり、それと同じくらい酒場も多い。

ハイセとシャンテが向かったのは、鍛冶工房区の最奥にある、一番古くて大きな建物。そこには『バルガン工房』と書かれた、古い看板があった。

「ここが……」

「さ、行くよ」

シャンテが工房のドアをガンガン叩きドアを開けると、とんでもない熱気が噴き出してきた。

シャンテが手をかざすと、冷気が発生して中和される。

そのまま中に進むと、鍛冶場に一人の男性がいた。

「バルガン。この子が、あんたに話があるんだって」

「………………」

身長二メートル。体重は百キロを超えた大男が、槌を手に作業をしていた。筋骨隆々で、身体中に傷があり、顔半分に引き裂かれたような痕もある。真っ赤な髪は逆立ち、左目が潰れていたので、残った右目でハイセをジロリと見る。

「用件は」

いきなりだった。しかも、しわがれた渋い声だ。

背後にある炉の炎が黄色く燃え、ジリジリとした熱気が背中を焼いている。だが、本人は汗も掻かず、全く気にしていない。

ドワーフと聞いたが、身長二メートル超えのドワーフなんて、ハイセは聞いたことがなかった。

「あなたが、デルマドロームの大迷宮に挑んだ時の話を聞かせてほしい」

「帰りな」

「……は？」

「ガキには無理だ」

それだけ言い、バルガンはハイセに背を向けた。

「お、おいバルガン!!　話を聞くんじゃ」

「ガキに話すことはない。スタンピードを止めたS級冒険者と聞いていたが……つまらん、ただのガキだ」

「……ああ、そうですか」

ハイセも背を向けた。

「シャンテさん、帰ります」

「は、ハイセ？　いいのか？」

「ええ。よく考えたら、ダンジョンから逃げ帰った臆病者の話なんて、聞く価値なかった」

「……何？」

「俺、明日にでもデルマドロームの大迷宮に挑みます。すみません、こんなくだらない時間使わせちゃって。いやはや、本当に時間の無駄だった」

「おい、ガキ……今、何て言った？」

「うるせえ、臆病者。お前の話なんて聞く価値ないね」

「このガキ……」

バルガンが立ち上がり、傍にあった槌を手に取る。

ハイセはデザートイーグルを抜き発砲。バルガンの槌の柄部分が砕け散った。

「これ以上、余計な時間取らせるな。同じ四大クランのマスターでも、アイビスさんとは全然違うな。あの人は、俺のことを子供扱いしなかった。俺のことを最初から子供だって決めつけるあんたなんかに、聞く話なんてない」

今度こそ、ハイセは鍛冶場を出た。

「すみませんでした……」

「いや、私はいい」

帰り道、ハイセはシャンテに謝った。

話の場を設けてもらったのに、何も話せなかった……むしろ、喧嘩(けんか)を売ってしまった。

ハイセがクランに所属しているなら大問題になるところだ。

「勘違いしないでほしい。バルガンは……禁忌六迷宮の恐ろしさを知っている。だからこそ、お前を突き放したんだ」

「ただガキ扱いしただけみたいな気もしますけどね……」

ハイセは深呼吸し、怒りを鎮めた。

「明日、デルマドロームの大迷宮に挑みます」

「……長期になるぞ。バルガンのチームが大迷宮に挑み、ダンジョンから出てきたのは四か月も経過した後だったと聞く」

「大丈夫です」

禁忌六迷宮の一つ、『デルマドロームの大迷宮』への挑戦が始まる。

クラン『巌窟王』のクランマスター、バルガンとの話を終えた翌日。

ハイセは冒険者ギルドのギルマス部屋に呼ばれた。部屋には、ギルドマスターのシャンテともう一人……バルガンがいた。

「……………」

「あんた……なんか用事か？」

バルガンは目を閉じ、腕を組み、ソファに座っている。

ハイセが質問するが、無言だった。シャンテがハイセに座るように言い、バルガンの対面に座る。

「シャンテさん、すぐにでもデルマドロームの大迷宮に行きたいから、手短に頼みます」

「ああ。と言いたいが……呼んだのはバルガンなんだよ。アタシは同席するだけさ」

「はあ……で、何か？」

「口の利き方がなってないガキだな」

「あんたに言われたくないね」

ようやく口を開いたバルガン。嫌味に嫌味で返すハイセ。

相手は、四大クランのマスター。だがハイセは一歩も引かない。シャンテは「大したガキだ」と思いつつ、バルガンに言う。

「バルガン。話があるならさっさと言いな。ハイセはお前の話を聞く義理なんてない。すぐにでもデルマドロームの大迷宮に行っちまう。そうなりゃ、数か月は会えないよ」

「……一つだけ、助言してやる」

バルガンは腕組みを解き、自分のシャツをまくり上げた。

「なっ……」

シャンテが驚愕(きょうがく)する……バルガンの腹部には、巨大な穴が開いたような痕があった。

「過信は死を招く。オレが生きているのは奇跡……あそこは、一人で何とかなるような場所じゃない。こっちにいる魔獣と比較にならんぞ」

「…………」

「認めてやる。そうさ、オレは逃げた。四大クランのマスターとか言われているが、お前の言う臆病者だ。残りの人生、冒険者のための武器を作り、生存率を上げてやることしかできない。ガキ……過信するな。死にたくなきゃ逃げて、這(は)いつくばっても生き延びろ」

「…………」

ハイセは、少しだけ笑った。

「訂正する。あんたは臆病者だけど、腰抜けじゃない」

「何？」

「四大クラン『巌窟王』のギルドマスター、バルガンさん。あんたの助言、感謝する」

「…………」

「俺は死なない。死ぬわけにはいかない。生きて、冒険者の高みを目指す。そのためなら、逃げても、這いつくばっても、生きてみせるよ」

「……生意気なガキだ」

バルガンは、少しだけ笑った。ハイセも笑い、立ち上がる。

「じゃ、行くよ。いい話だった」

「……迷宮を攻略したら、クラン総出で祝ってやる」

「楽しみにしておく」

ハイセは軽く手を振り、部屋を出た。シャンテは、バルガンに言う。

「あんた、不器用すぎるねぇ……今の話、昨日すればよかったのに」

「……子供は、苦手だ」

「ハイセは子供じゃない。そう思ったから、わざわざ来たんだろう？」

「……まぁな」

バルガンとシャンテは、ハイセが去ったドアをしばらく見つめていた。

デルマドロームの大迷宮。砂漠の国ディザーラが管理する、禁忌六迷宮の一つ。

ディザーラから馬車が出ていたので乗ると、迷宮が一望できる高台へと到着した。

どうやら、観光スポットになっているらしい。高台から、多くの冒険者や観光客が、デルマドロームの大迷宮を見ては感動している。

ハイセは、高台から迷宮を眺めてみた。

「大きいな……」

砂漠にある巨大遺跡。そんな言葉がピッタリだ。

集めた情報によると、表にある遺跡はあくまで遺跡。その地下は広大なダンジョンで、危険な魔獣が大量に住みつき、国一つでは収まりきらないほど広いらしい。

目的は一つ。ダンジョンボスの討伐である。ボスを倒せばダンジョンは崩壊し、ダンジョンクリアとなるのだ。が、禁忌六迷宮がどうなのかは不明だ。

そして、地下には莫大な財宝もあると噂されている。

「……よし」

ハイセは、高台の柵を乗り越えた。

「あ、あなた‼　何やってるんですか‼」

すると、馬車に同乗していた観光案内人に注意された。ハイセは冒険者カードを見せて言う。

「S級冒険者『闇の化身(ダークストーカー)』ハイセだ。今から、あのダンジョンに挑戦する」

「え、S級冒険者⁉　しかも、ハイセって……わ、わかりました。お気を付けて」

この行動が、砂漠の国ディザーラで『ハイベルグ王国のハイセが禁忌六迷宮に挑んだ』という話が広まるきっかけとなる。


ハイセは、デルマドロームの大迷宮に向かい歩き出した。

遺跡前に到着。人は誰(だれ)もいない。正面から堂々と遺跡の入口へ。

「だいぶ古い遺跡だな……」

近づいてわかったが、遺跡は石造りではない。

鉄も多く使われており、石の中から金属の棒が飛び出していた。

「なるほど。鉄で骨組みを作って、石で補強しているのか。ん？　これは……」

妙な鉄の棒が落ちていた。

鉄の棒に、丸いガラスレンズが三つ並んだ箱がくっついている。

「……どこかで」

ハイセはハッとなり、古文書を取り出しページをめくる。

そして、覚えのあるイラストが描かれたページで止まった。

「これは、そっくりだ……し、『シンゴウキ』かな？」

信号機。ハイセの目の前にある、砂に埋もれた三つ目の何かは、古文書に書かれた『信号機』にそっくりだ。他にも、鉄製品が大量に埋まっている。

「これは、『クルマ』で……こっちのは『バイク』かな」

妙なものがいくつも埋まっている。入口だけでこれだ。中には、何があるのか。

ハイセは、ポツリと言った。

「デルマドロームの大迷宮……まさか、『イセカイ』に関係しているのかな」

そう呟き、ハイセは迷宮に踏み込む。

しばらくは石畳だったが、砂の地面に変わる。

「歩きづらいな。これは余計な体力が――……」

と、砂の地面に踏み込んだ瞬間だった。

「――ッ、な、何ッ⁉」

地面が、急に沈み込む。

砂地に大きな穴が開き、砂が穴に吸い込まれていく――流砂だった。

迂闊（うかつ）だった。『デルマドロームの大迷宮』の情報ばかり集め、砂漠に関する知識が欠如していた。しかも、ただの流砂ではない……禁忌六迷宮で起こる流砂だ。

「く、くそ……ッ‼」

すでに、ハイセは腰のあたりまで砂に飲み込まれている。砂の動きが早く、もがけばもがくほど身体が沈み、胸のあたりまで砂に飲み込まれたところで『死』を実感した。

「こ、こんなところ、で……ッ‼」

まだ、スタート地点。迷宮にすら入っていない。

死ぬ。砂に飲み込まれたらどうなるのか。呼吸ができず、砂の中で、誰にも見つかることなく終わってしまうのか。

「──サー」

サーシャ。最後に浮かんだのは、幼馴染の笑顔。

ハイセは砂に飲み込まれ、その姿を消した。

「…………う」

ハイセが目を覚ますと、硬い地面の上に寝転がっていた。

「ここは……おいおい、マジか」

周囲は、骸骨だらけだった。頭上を見上げると僅かな光が差し、砂がサラサラと光の部分から落ちてくる。そして、ハイセは理解した。

「流砂に飲まれて落ちたのか……なるほどな。これが禁忌六迷宮の洗礼、一度入ると二度と出れない迷宮。その始まりってわけか」

周囲の骸骨は『デルマドロームの大迷宮』に挑戦した冒険者たちの骨だろう。流砂に飲まれ、絶望し、脱出を試みて、諦めた者たちだ。

「もう、ここからは戻れない……なら、進むしかないな」

ハイセは、デザートイーグルを二丁腰に差し、グレネードランチャーを背負い、右手にショットガンを持って歩き出した。

妙に硬い地面と、いくつも窓がある建物の通りだ。地面には白い斑模様が描かれ、ボロボロの『ジドウシャ』や『バイク』が放置され、至る所に『シンゴウキ』が立っている。

「妙なダンジョンだな……」

敵の気配はない。一度入ると二度と出て来れないダンジョンなので、情報が殆どない。

バルガンと和解した時に、少しでも話を聞けばよかったと、ハイセは少しだけ後悔した。

「あれ？　あれは……『イセカイ』の文字か」

小さな看板があった。看板を読むと、『アイスクリームハウス』と書かれている。

「あいす、クリーム？　なんだそれ？」

屋台なのか、車輪付きの荷台のようなモノがあった。

ハイセには理解できない。だが、古文書のページをめくってみると、ノブナガの記述が読めるようになっていた。

「なになに……『アイスが食べたい。こちらの材料でいろいろ考えたけどダメだった。バニラエッセンスとか無理に決まってるだろうが。ってか、異世界でマヨネーズとかどうやって作るんだよ。異世界転移系の主人公とか専門知識あるヤツ多すぎ。ご都合展開もいい加減にしろ』……ぜんぜんわからん。こいつも苦労してたのかな」

古文書を閉じ、歩き出す。遺跡の地下に降りたので、下を目指せばいい。

すると、ジドウシャの陰から黒いゴブリンが飛び出してきた。

『キキキッ、キキキッ!!』

「ブラックゴブリン……」

討伐レートBの危険魔獣だ。通常のゴブリンよりも大きく、手にはジドウシャのドアを加工したような鉄の剣を持っている。

数は五。だが、ハイセは冷静だった。

『キキキッ!! キブッ』

ドウン!! と、ショットガンが火を噴く。

ブラックゴブリンの頭部が破裂した。続けざまに残りのブラックゴブリンを狙おうと照準を向けるが、ショットガンの威力を理解したのか、建物の陰にゴブリンたちは隠れてしまう。

ハイセは舌打ちし、ショットガンではなく両手に『ベレッタM92』を持つ。反動が小さい、デザートイーグルとは違った拳銃だ。

「どこに隠れようと、俺から逃げられると思うなよ」

ハイセはゴブリンたちが逃げた建物の陰に向かう――が、すでにいない。

「チッ……逃げたか。馬鹿みたいに突っ込んでくる魔獣とは違う。多少は知能があるようだな」

ハイセは銃を消し、周囲を警戒しつつ歩き出した。


半日後。ハイセは五階層まで進んだ。

ダンジョン内の景色も変わりない。古文書を読んでわかったが、この道は『コンクリート』といい、近くの建物は『ビル』というらしい。

ビルのドアは全て施錠されていて開かない。だが、六階層へ向かおうと階段を下りると、入口の傍に小屋があった。

「……小屋、か」

ハイセはデザートイーグルを構え、小屋周辺を調べる。

この小屋は物置小屋らしい。引き戸を開けると、中にはシートが敷いてあった。

そして、野営の跡も。このダンジョンを攻略しにきたパーティーが残した物らしい。

ハイセは、アイテムボックスから『魔獣避け』と『探知魔石』を取り出し、小屋の周りに魔石を置き、魔獣避けを撒く。

魔獣避けは、人間には感じることができない、強烈なニオイを発する液体だ。冒険者ギルドでも販売している物で、安いのでは銅貨一枚から、高い物では金貨数枚で買える物もある。

探知魔石は小屋の近くに置いて使用する。その魔石周辺を魔獣が通ると、対になる魔石が反応して警告音を鳴らすというアイテムだ。

どちらも、ダンジョン挑戦では必要不可欠なものであり、冒険者ギルドなどで購入できる。

「……ふぅ」

ハイセは、ここで野営することに決めた。

アイテムボックスから折り畳み式の簡易テント、椅子とテーブルを出す。

ランプを点け、屋台で買った野菜スープや肉串、パンを出して食べ始めた。

「初日は五階層まで。上出来だな」

ハイセはソロだ。なので、夜警も一人……というか、できない。

体力回復が何より重要なので、食事を終えたらすぐに寝る。探知魔石を耳元に置き、テントに入り目を閉じた。

「大丈夫。俺ならできる……」

　全てが初めてのダンジョンだ。いくらハイセでも、やはり緊張している。

「明日は十階層まで。焦らず、確実に……」

　ブツブツ言い、ハイセは眠りに落ちた。

　ハイセがデルマドロームの大迷宮に潜り、七十日が経過した。

「……チッ」

　弾切れのアサルトライフルを投げ捨てると、粒子となって消える。

　グレネードランチャーをすぐに構えるが、穴だらけになったＳＳレートの魔獣『イアイア・ハスター』という巨大クラゲ魔獣が地面に落ちた。

　血ではなく、体液がドロドロ穴から流れた。

　グレネードランチャーを一発撃ち込むと爆発。イアイア・ハスターは消滅した。

「いてて……」

　ハイセは目をこする。クラゲにやられたのではない。伸びた前髪が目にかかり、チクチクするのだ。ハイセの髪も、髭もかなり伸びた。

ドラゴンの素材で作った漆黒のコートも、損傷はないが薄汚れている。

かれこれ七十日。ひたすら進んだ。それこそ、一日も休まずに。

ハイセはショットガンを二丁作り、一丁を肩に、もう一丁を右手に持ち、歩き出す。

「今日で七十日か」

ハイセは、ポケットに入れた木札を見る。

一日一本、線を掘る。線が七十本あるので、ダンジョンに挑戦して七十日経過している。

五百以上の階層を下り、いくつかわかったことがある。

「今は、五百二十……そろそろかな」

五階層、進むごとに『休憩小屋』のようなモノがある。

四角い窓が一つにドアが一つだけの頑丈な小屋だ。ハイセの銃でも破壊できない頑丈さで、イセカイ文字で『コンテナ』と書かれていた。

中は、何もない。だが、魔獣が現れても何もせず素通りしていく。中で焚火ができないのが欠点だが、野営装備が充実しているハイセには問題ない。

そして、次の階層に向かうところで、見えた。

「あった」

レンガ色の、四角いコンテナだ。中に入り、ハイセは大きく伸びをする。

テント、椅子、テーブル、ランプを出す。そして、念のため持ってきた鏡を、ダンジョンに入って初めて出した。

「うわ、伸びたなぁ～……」

髪、髭がすごく伸びていた。

ハイセは苦笑し、ナイフで髭を剃る。

そして、前髪を適当に切り、後頭部は見えないので紐で縛る。切れなくはないが、ナイフで後頭部を傷つけて失血する可能性も少なくない。そして、しばし考える。

「……よし‼」

ハイセは決めた。

まず、七十日ぶんの下着、服を全て出し、樽を一本使い、洗濯を開始した。

「今日は休憩‼　まだ先は長いし、いろいろ整理する‼」

下着が七十枚、シャツが七十枚、靴下が七十足……とんでもない数だ。

洗濯用の竿を外に出し、紐を通し、シャツや下着などを全て干す。これだけで半日経過してしまう。樽の水が余ったので、アイテムボックスに用意したお湯を樽に入れ、風呂も作った。

裸になり、樽の中に飛び込む。

「っぷはぁぁ‼　気持ちいい……」

コンテナの外で、魔獣の危険もある。だが、その危険を承知しても得られる爽快感があった。

七十日もダンジョンにいるのだ。さすがのハイセでもストレス解消は必要だ。風呂に入るの

は、身体を拭くだけでは得られない気持ちよさだ。

「………」

気が緩んだのか、少し思い出す。

「……あいつ、怒ってるかな」

最初に思い出したのは、プレセア。

ハイセから見たプレセアは『よくわからないエルフ』だ。なぜ付きまとうのか、自分の何が気に入ったのか、ハイセにはわからない。

だが……正直、一緒に食事をするのは、悪い気分ではない。

そして、サーシャ。

「……ディロロマンズ大塩湖だったか。もう入ってるよな。どこまで進んだ？　あっちはレイノルドたちもいるし、無事だと思うけど……」

もしかしたら、自分より先に進んでいるかもしれない。

ハイセは首をブンブン振り、お湯を掬(すく)って顔、髪をゴシゴシ洗うと、お湯が真っ黒になった。

湯船から出て、コンテナの中で身体を拭き、新しい下着に着替えてテントに寝転がると、すぐに眠気が襲ってきた。

「……まぁ、とにかく今は休憩だ」

ハイセは目を閉じ、そのまま十時間ほどぐっすり眠った。

目が覚めると、身体がかなり軽くなっていた。

目覚めもスッキリ。コンテナの外に出て洗濯物を全て回収。きちんと畳んでアイテムボックスに入れる。そして、朝食の野菜サンドを食べ、軽くストレッチ。

「よし!!　気分爽快、このまま行くぞ!!」

コンテナから出て、先の階層へ。相変わらず同じような道だが、ハイセは止まらない。

アサルトライフルを持ち、下へ下へと進む。

ハイセは気付いていない。デルマドロームの大迷宮、五百二十階層まで到着した冒険者は、ハイセが初めてだということに。


そして、十日ほど進み、ついに六百階層まで到着……景色がガラリと変わった。

「え……」

休憩階層から、六百一階層に出て、驚いた。

そこにあったのは……『住宅街』だった。ハイセの知らない建築方式で建設された家だ。なんとなくこれが『イセカイ』の人間たちが住む家だとわかった。

簡素な二階建て住宅。平屋。ジドウシャの車庫がある家。犬小屋のある家。整備された道路。

デンチュウ。バイク……ハイセは古文書を出し、ページをめくる。

「……これだ」

そこには、ノブナガが描いた絵があった。そして、文章も。

『オレの故郷。こんな感じだったかな。道路に家、ガレージがある家、電柱が並んで、ファミリー向けの車が止まっていたり、バイクがあったり……ありふれた日本の住宅街。マンションとかアパートメントなんかもある。もう、あまり思い出せないけど、帰りたい……』

ハイセは、確信した。デルマドロームの大迷宮、ここは。

「ここ……もしかして、『イセカイ』なのか？」

ノブナガは、『イセカイ』から来た人間。もしかしたら……この地が丸ごと、イセカイから来たのかもしれない。そう考え、ハイセは首を振る。

「馬鹿な。意味わからん……ここは、デルマドロームの大迷宮。禁忌六迷宮の一つだぞ」

ハイセは、比較的に新しいジドウシャに近づき、中を覗く。

「うっ……」

そこには、白骨があった。運転席に座る白骨は、胸ポケットのあるシャツを着ている。

ふと、胸ポケットに何かが入っているのに気付き、半分窓が開いていたので手を伸ばす。

それは、革製のケースだった。そこに、カードが入っている。

「ジドウシャ、ウンテン、メンキョ、ショウ……？　この絵、この白骨か？」

若い男の『精巧な絵』が描かれたカードだ。

なんとか読めるおかげなのか、イセカイ文字をかなり理解できるようになったハイセ。

「ワダ、ユウジ……こいつの名前か。死因は……シャツに穴が空いてる。正面の窓にも穴が空いてるってことは、正面から飛んできた何かに、胸を刺されて死んだのか？　事故……いや、原因はこれか」

後部座席を見ると、細長い矢が落ちていた。だが、普通の矢と違い、全ての材質が見たことのない金属で作られている。

ハイセはドアノブに触れ、ドアを開けて矢を拾う。

「これは、鉄の矢か……俺の銃と質感が似ている。これが貫通して、この白骨は死んだのか」

ハイセは矢を捨て、しばし考え……誰もいないが、自分の考えを口に出した。

「ここをイセカイと仮定すると……ここの人間たちは滅びたのは間違いない。俺たちの時代よりもずっと大昔に。もしかしてここはダンジョンじゃなくて、イセカイの人間たちが住むただの町だったのか？　それが、長い年月をかけて砂に埋まった……恐らく、戦いがあった。この矢でこの白骨を殺した『何か』がいたんだ。人間か、魔獣かはわからんが……」

ハイセは考察し、ブツブツ言う。ハイセは研究者ではないが、この『デルマドロームの大迷宮』が何なのか興味があった。

そして、ハイセの目がスッと細くなる。

「……なるほどな」

アサルトライフルを構え、ハイセは前を向いた。

住宅の屋根に、大勢の何かがいた。

それは、人間に近い『ゴブリン』……ゴブリン系魔獣の最上級種族、カオスゴブリンだ。

『クククク、久しぶりの獲も──ッブェ』

ドバン!!　と、カオスゴブリンの頭が吹き飛んだ。

ギョッとするカオスゴブリンたち。ハイセはすでにアサルトライフルを乱射し、大勢のカオスゴブリンを次々と射殺した。

「カオスゴブリン。地上でも見たことがある。『デルマドロームの大迷宮』の固有種ってわけじゃなさそうだな……さっきの死体は過去のこいつらにやられたのか？　魔獣にやられたとしたら、このイセカイの町が滅んだのは、魔獣が原因なのか？　イセカイは、魔獣によって滅びた……ふむ、情報が足りないけど、ここまでにしておくか」

ハイセの目的はダンジョンの踏破。それ以外はどうでもいいことだった。

考察しつつ銃を連射すること二分。カオスゴブリンは全滅……では、なかった。

右腕だけを撃ちぬかれたカオスゴブリンが、ハイセから逃げるように後ずさる。

ハイセは、デザートイーグルを突き付ける。

『ま、待て!!　貴様、我の話を聞け!!　人間なのだろう!?』

「俺、ここの攻略以外興味ないから」

『だったら、情報がある!!　話を聞け!!』

「………」

ハイセは拳銃を下ろし、カオスゴブリンを見た。カオスゴブリンは、ブルリと震えた。

まさか、自分たちの狩場にこんな『人間』が現れるなんて、と。

ハイセは、自動車の屋根に上がって座り拳銃を弄(もてあそ)ぶ。

カオスゴブリンに銃口を向け、ハイセは言う。

「じゃ、知ってることを話せ。嘘(うそ)ついたり、時間稼ぎだって俺が判断したら、容赦なく撃つ」

『あ、ああ……その、オレの情報は全て、過去のカオスゴブリンたちが伝えてきた情報だ。真偽は不明だが……』

ハイセはアイテムボックスから包帯を出し、カオスゴブリンに投げ渡す。

カオスゴブリンは自分で包帯を巻き、ハイセを見た。

ハイセに対し、仲間を殺された恨みはない。あるのは、死への恐怖だった。

『ここは、かつて人間が住んでいた地。魔族が『イセカイ』と呼ぶ地だ』

「イセカイ……」

『ああ。高度な文明を持ち、平和に暮らしていたそうだ。僅かだが魔獣も存在したらしい。オレたちカオスゴブリンの祖先もいたそうだ』

「へぇ……タイクーンが聞いたら喜びそうだ」

『大昔……大災害により全てが崩壊した。そして、この地が砂に埋まり、独自の生態系が築かれ、魔族たちが目を付けた。魔族は、この『イセカイ』の文明を研究し、今も自分たちの住む地で再現しようとしているそうだ。まぁ、我は魔族に会ったことがないから、死んだ父の受け売りだがな』

「なるほど。で……？　ここ、どうやってクリアできる？」

『お、オレたちカオスゴブリンの言い伝えでは……あ、あと百階層ほど下に降りれば、『テーマパーク』とかいう、魔族たちが住んでいた町がある。そこに、魔族が残した財宝があるそうだ。それ以上の下は存在しないらしい……真偽は不明だがな』

「あと百……!!　それは朗報だな」

『ああ。だが……ここから下の階層は地獄だ。長くここに住んでいる我でも、下には行かない。下には、上の階層にいる魔獣とは桁が違う、強大な強さを持つ魔獣がウヨウヨいる』

「ふぅん……」

ハイセは、デザートイーグルのマガジンをチェックし、スライドを引く。

「一つ、確認する。俺はお前の仲間を殺したけど、恨んでるか？」

『恨んではいない。我らも、生きるためには同族だろうと殺す場合もある。よく知らんが、人間もそうではないのか？　それに、我を産んだ魔獣も、最後はオレの餌になったからな』

「……お前を、産んだ？」

『ああ。ゴブリンは、メスの魔獣ならどんなモノだろうと繁殖できる。そうやって、何千年も前から、このイセカイが滅びる前から存在したらしい。我の父だったカオスゴブリンが言っていた』

「……そりゃすごい生命力だな」

『大昔は、イセカイの人間たちに隠れて住んでいたらしい。大災害と同時に反乱を起こした……と、聞いた』

「なるほどな……あの白骨死体、大昔のゴブリンにやられた可能性高いな」

ハイセは立ち上がる。そして、カオスゴブリンに言う。

「情報感謝する。もう行っていいぞ」

『……お前は、どうするのだ？』

「下層を目指す。あと百なら、五十……いや、三十日くらいで行けるかな」

『ほ、本気なのか⁉』

「ああ。ここを制覇するのが、俺の目標だ」

『……っ』

ハイセは、酒瓶を一つ出し、カオスゴブリンに渡す。

「金あげてもしょうがないし、お礼にやる。地上の酒、美味(うま)いぞ」

『………』

「じゃあな」

そう言い、ハイセは下層へ向かう。すると、カオスゴブリンが言った。

『ま、待て!!　ええい……わ、我も同行する。多少なり、ここの知恵はある』

「いや、いい。俺はソロで行きたいし」

『まま、待ってくれ!!』

ハイセは、下層に向かって歩き出す。カオスゴブリンは、ハイセの隣に並んだ。

『待ってくれ。同行させてくれ』

「なんでだよ。俺、お前の同族を殺したんだぞ」

『気にするな。それより……貴殿に興味が湧いた。ぜひ、同行させてほしい。我が裏切るようなら殺してかまわん』

「はぁ?」

『頼む。くくっ……もしかしたら、この階層より下に進めるかもしれん。同族のいない階層を目指して、進んでみたい』

「……変な奴」

ハイセは無視して歩き出す。すると、下へ向かう階層を見つけた。

『待ってくれ。名前、名前は』

「ハイセ」

『ハイセ。いい名前だ。では、向かおうぞ』

「……本当に、変な奴」

　こうして、ハイセにカオスゴブリンが同行することになった。


　ハイセは、カオスゴブリンと二人で住宅街からさらに下の階層へ。

　住宅街の下はまるで別世界。巨大なモグラが掘り進んだような、とても荒く曲がりくねった道だった。

　天井まで二十メートル以上あり、横幅も三十メートル以上ある。壁が発光しているのか非常に明るく、進みやすい道だ。

『ハイセ。この先は、我々カオスゴブリンでもわからないことがある。この先に進んだカオスゴブリンもいるが、殆どが逃げ帰って来た者ばかりだからな』

「それはいいけど、お前普通に付いてくるのな。しかも俺の名前呼んでるし」

　ハイセは、カオスゴブリンを見る。身長はハイセよりも高く、肌は薄い黒。

　頭髪はない、というか体毛自体生えていないようだ。耳が長く、目がギョロッとしており、かなり筋肉質。腰布を巻いていたのだが、今はハイセが始末したカオスゴブリンの装備をかき集め、全身鎧を装備。腰には剣を二本、丸盾を右手に、槍を背負っている完全装備だった。

「お前、下の階層に行きたいんだっけ」

『ああ。同族の憧れだ。我らカオスゴブリンは、上の住宅階層で生活していた。上層階にいる魔獣を狩って食うだけの生活だな』

「で、その同族が俺に襲い掛かり、返り討ち……」

『ああ。だが、気にすることはないぞ。我々に仲間意識などないからな』

「それはありがたいね。俺の後を付いてくるのは勝手だけど、変に仲間意識持たれてもうっとおしいからな。ま、俺の邪魔したり、襲うようなら迷わず撃つ」

ハイセは、デザートイーグルをカオスゴブリンに突き付ける。

カオスゴブリンはゴクリと唾を飲み、首を振った。

『お、お前に敵対するつもりはない。お前に付いて行けば、新たな世界に踏み出せると思っただけだ。もちろん、礼はする……我の知識を教える。ここに現れる魔獣なら、それなりには知っている。弱点もな』

「弱点？　知ってるなら、魔獣を倒せるんじゃないのか？」

『できない。攻撃手段がないのだ』

「ふーん……」

と……ハイセが立ち止まり、カオスゴブリンも立ち止まる。

妙に生臭い匂(にお)いがした。そして、ズルズルと這うような音も。

『こ、こいつは――……マズいぞハイセ、掃除屋が来る!!』

「掃除屋?」

そう聞き返すと、通路の奥から何かが現れた。

それは……巨大な、『ヤツメ』だった。丸い口。湿ったミミズのような身体。口の中にはギザギザの牙(きば)があり、獲物に吸い付き、肉を傷つけ血を吸う形をしていた。

『こいつはデビルチャンドラーだ!! 魔獣に吸い付き、肉と血を啜(すす)る凶悪な魔獣だ!!』

「……冒険者ギルドが発行している魔獣図鑑にも載ってないな。タイクーンが見たら『生け捕りにしろ!!』とか無茶言いそうだ」

『くそ、マズい!! 弱点は口の中にある核だが、攻撃手段が――』

ガシャン!! と、ハイセは巨大なライフルを具現化。

「『ＢａｒｒｅｔｔＭ82』」

アンチマテリアルライフル。引金を引いた瞬間、ハイセの身体が後方に一メートルほど下がった。

爆音。ビュボン!! と、あり得ない音がした。

「ッツ……いってぇ」

『え』

カオスゴブリンが見たのは、頭の部分が吹き飛び、地面にズズンと倒れたデビルチャンドラー。弾速の速さ、威力が凄まじすぎて、何が起きたのか理解できなかった。

ハイセはアンチマテリアルライフルを捨て、肩を押さえる。

「威力、ありすぎる……これ、あんまり使えないな。あんまり使えない、アンチマテリアル……アンマリ、ってか？　あっはっは」

『…………』

「……今の、聞かなかったことに」

ハイセはスタスタ歩き出した。くだらなすぎて死にたくなったらしい。が……カオスゴブリンはそんなことはどうでもいい。

確信した。ハイセに付いて行けば、間違いない。

『ハイセ!!』

「ん、なんだよ」

『頼みがある』

カオスゴブリンは、ハイセの前に回り込み、なんと跪いた。ハイセは首を傾げる。

『我に、名をくれ。我が望むのは、ただ一つそれだけ。頼む!!』

「はぁ？」

『我に名を!!』

カオスゴブリンにとっても、初めての感情だった。

ずっと、食べて寝て食べて寝て、それだけの人生だった。同族が同じ階層にいるが、ただそれだけ。親しくなることはない、情報交換くらいのやり取りだけだった。

カオスゴブリン。ゴブリンの最上種族。力も知能もあるが、それだけだ。

ただ、生きる。それだけの人生。だが……ハイセが来た。いつも通り、殺して食うだけだった。だが……逆に、食われそうになった。

カオスゴブリンは経験した。これが、強者。食うか食われるかではない、強き者の存在。

『ハイセ、お前は……我の人生を変えた。頼むハイセ、頼む!!』

「わ、わかったっての……ったく、何なんだよ」

ハイセは少し考え、古文書を取り出す。そして、目を閉じてページをパラパラめくり、適当なところを指差した。

ゆっくり目を開け、そこに書かれていた文字を読む。

『チョコラテが飲みたい。カカオなんてこの世界にないし、あってもチョコレートなんて作り方わかんねぇ……ああ、チョコ、チョコレート、チョコラテ、チョコケーキ……食いたい』

ハイセは、ウンと頷いた。

「じゃ、お前の名前はチョコラテだ」

『おお……!!　チョコラテ、我はチョコラテ!!　感謝する、ハイセ」

ハイセは再び歩き出し、その後をカオスゴブリンことチョコラテが続く。

『ハイセ。この先にも、まだまだ危険な魔獣が存在する。気を付けろよ』

「はいはい。お前、あんま近くに寄るな。馴れ馴れしい」

『ああ、すまんな!!』

　こうして、ハイセとチョコラテは下の階層へ進む。


　ハイセとチョコラテが下階層を目指して進むこと十日。

　たった十日だが、ハイセがこれまで経験したことのないような濃密な十日間だった。

　まず……現れる魔獣のレベルが、とんでもなかった。

　Ｓレート、ＳＳレートは当たり前。酷(ひど)い時にはＳＳレートの魔獣が群れで襲ってきた。

　ガトリング砲、ロケットランチャーがなければ死んでいた可能性もある。

　そして……意外と頼りになったのが、チョコラテだった。

『コイツの弱点は腹だ!!　見ろ、腹にあるくぼみ、あそこに心臓がある!!』

『待て。ハイセ、遠距離から狙撃できるなら、ここから撃て。あいつは警戒心が高い……あと数メートル近づけば襲ってくる』

『あいつは群れのボスだ。あいつを倒せば群れは散る』

と、現れる魔獣に対し、的確な弱点や戦闘法を教えてくれた。

現在、ハイセとチョコラテは、小さな洞窟のような休憩場所を見つけ、そこを宿にしている。

魔獣の死骸で洞窟の入口を塞(ふさ)ぎ、食事をしていた。

「ほれ」

『む、いいのか?』

「ああ。お前の知識に助けられてるからな」

ハイセはチョコラテに、串焼きを何本か渡す。

チョコラテは遠慮なくもらい、ガツガツと食い始めた。

『美味い。人間のメシは最高だな』

「……お前、何してるんだ?」

串焼きを食べながら、チョコラテは鎧の修理をしたり、魔獣の外皮や鱗を使って兜(かぶと)や追加装甲を作っていた。盾にも鱗を付けたり、剣を研いだりと、本職の武器屋のような手つきだ。

『ハイセが倒した魔獣の素材は、どれも装備の強化に使える。我も、知識だけでなく戦えるようにならんとな』

「……器用だな」

『そうか? 我々、カオスゴブリンは武器や防具など全て自作する。魔獣の骨、皮、鱗などの加工は朝飯前だ。よし……できた』

下手な鍛冶屋顔負けの器用さで、チョコラテは装備を完成させた。

チョコラテは、兜や追加装甲を施した鎧などを装備する。これにより、肌の露出が一切なくなった。完全装備である。

『よし、これならいける。ふふ、感謝するぞハイセ』

「ああ。よかったな……ふぁぁ」

『眠いのなら仮眠を取れ。ここ十日ほど、ろくな睡眠を取っていないだろう？』

「…………」

『まだ、我を信用できないようだな。仕方ないとは思うが……』

「……五時間、寝る」

それだけ言い、ハイセは目を閉じる。チョコラテは、残った串焼きを静かに食べ始めた。

五時間後──……それは、突然だった。

『グォォォォォォォォォォォォ──……ンンン……──』

雄叫びだった。

ハイセは飛び起き、チョコラテは持っていたヤスリを落としてしまう。

「な、何だ⁉」

『い、今のは……雄叫び、か？』

顔を見合わせるハイセ、チョコラテ。

地下内が振動した。ビリビリとした気配がまだ残っている。すると、地下の奥から、大勢の魔獣が逃げ出していくのが見えた。

ハイセたちのいる洞窟の傍を、ハイセたちが苦戦した魔獣が逃げるように走っていく。

『な、何が……し、下の階層に、何がいるんだ？』

「…………」

ハイセには心当たりがあった。

ダンジョンボス。この、デルマドロームの大迷宮……最大最強最後の敵。

ダンジョンボスを倒せば、デルマドロームの大迷宮は消滅する。禁忌六迷宮……誰も踏破することのできなかったダンジョンが、ハイセの手で攻略される。

たった一人の冒険者の手によって。そう考えると、ハイセはゾクゾクした……が。

『ん？　どうした、ハイセ？』

「……いや、一人じゃないな」

チョコラテは首を傾げた。

ハイセは背伸びをし、首をコキコキ鳴らす。五時間、たっぷり睡眠がとれた。気力、体力共に充実している。

「チョコラテ、お前は寝なくていいのか？」

『ああ。カオスゴブリンの睡眠時間は二時間、十日に一度取ればいい』

「べ、便利だな……」

『そういう進化をしたのだ。長く働けるように、長く戦えるようにな』

ハイセは立ち上がり、道具を全てアイテムボックスに収納する。

チョコラテも新しい鎧兜を装備。すると、肌の露出が一切ないので人間のようにしか見えない。

「よし、行くぞ」

『ああ……だ、だが、この下に何がいるのか』

「ダンジョンボス。このデルマドロームの大迷宮、最後の敵だ」

『うぐ……』

「ビビってんなら、ここでお別れだ」

『だ、だ、誰が!!　ええい、行くぞハイセ!!　我が先に行く!!』

チョコラテは、ズンズンと歩き出した。

ハイセは、デザートイーグルを片手に歩き出し、スライドを引く。

「見てろサーシャ……俺は必ず、このダンジョンをクリアして見せるからな」

ハイセのダンジョン攻略も、最終階層に差し掛かろうとしていた。

それからさらに十日……ハイセとチョコラテは、ボロボロになりながらも、最終階層手前まで到着。チョコラテは、錆(さ)びついた看板に書かれている文字を確認する。

『ここが『テーマパーク』なのか？　我にも読めん字だ』

「テーマパーク……」

『ここが、魔族の住処(すみか)なのだろうか……長らく、放置されているようだが』

「ここが最下層なら、ダンジョンボスが」

『それと、魔族の残した宝がある……らしい』

ハイセたちのいる場所には、大きな鉄格子の門があった。門は豪華な装飾が施され、大きな看板もある。そこには、イセカイの文字が書かれていた。

「煤(すす)けて読めないけど……一部は読める。わ、んだー……らんど？」

『わんだーらんど？』

「ああ。よくわからんけど……鉄格子に囲まれた門。どう見ても牢獄(ろうごく)だな」

門を押すと、ギシギシ音を立てて開いた。

中に入ると、小さなガラス張りの建物がいくつかある。そこにも文字が書かれていた。

「は、っけん……じょ？」

『はっけんじょ？』

「チケット、こうにゅう、は……こちら」

『ちけっと?』

「チケットってのは、劇場とかで見せるチケットか?　テーマパークってのは、劇場なのか?」

『?・?・?』

チョコラテは首を傾げる。

ハイセにも意味が解らない。ガラス張りの小屋に、金属の箱がある。箱には小さな『四角』がいくつもついており、それを押すとカチカチ音がした。

『はっけんじょ』を通り過ぎると、長い住宅街へ出た。

「なんだ、ここ……家か?」

『どうやら、魔族の住処のようだ』

広い街道があり、両側に大きな家がいくつも並んでいる。だが、家にしては妙に窓が大きく、いろんな道具が並んでいる。ハイセは、これが全て『店』だと感じた。

「この先が、中央広場か?」

『む……地図か』

看板があり、テーマパークのマップが表示されていた。中央には広場があり、その周りに大きな建物がいくつもある。

「じぇっと、コースター……だい、かんら、ん、しゃ……なんだこれ、乗り物か?」

『テーマパーク……奥が深い』

「とりあえず、中央広場へ行ってみるか」

次の瞬間。

『『『『『『グォオオオオオオオオオ――……』』』』』』

「「!!」」

中央広場から聞こえてきたのは、雄叫びだった。

しかも、一つじゃない。いくつも重なって聞こえてきた、獣の雄叫びだった。

そして、ハイセは聞いた。

「招かれざる者が来たようだ」

男の声。コツコツと、硬い靴の音が響き渡る。

中央広場から現れたのは、一人の紳士だった。

「ほう、これは面白い組み合わせだ。カオスゴブリン、そして人間……ククク」

肌は浅黒く、瞳は赤い。髪は真っ白で、側頭部に二本のツノが生えている。

着ている服は上等な礼服で、そのままパーティーに参加できるような恰好だった。

ハイセは、紳士を睨む。

「……なんだ、お前」

「これは失礼。我が名はロシュナンテ。偉大なる魔族である」

魔族ロシュナンテは、ハイセとチョコラテに向かって、丁寧に一礼した。

「ククク……では早速だが、私の可愛(かわ)いペットの、餌になってくれたまえ」

第四章 ▼ 禁忌六迷宮『ディロロマンズ大塩湖』

ハイセの旅立ちから一か月が経過。

サーシャは、クラン『セイクリッド』の執務室で、ムスッとしたプレセアに睨まれていた。

「…………」

「……なぁプレセア。あれからもう一か月が経つんだ。そろそろ許してくれないか？」

「別に、怒ってないわ。ハイセの依頼だったしね」

ハイセがサーシャにした依頼は『プレセアを気絶させる』ことだった。

そして、『できることなら、プレセアの面倒を見てやってくれ』ともあった。

報酬をもらった以上、律儀なサーシャはプレセアを傍に置いた。が……恨まれているのか、毎日ジロッと睨まれる。それが面白くないのか、サーシャの手伝いをしているピアソラが言う。

「サーシャ、邪魔なら追い出せばいいのでは？　ハイセの依頼だか何だか知らないけど、うちでそのエルフを雇う必要は感じませんわ。チームにも所属していないソロですし」

「あなたには関係ないわ。というか、誰？　なんでここにいるの？　サーシャ、部外者……いいえ、うっとうしい猫がいるわ。追い出しなさい」

「あぁぁぁん⁉　テメェ、サーシャを呼び捨てにして、あまつさえ命令するだとォ⁉」

　額に青筋を浮かべ、ピアソラはブチ切れる。だが、プレセアは知らん顔だ。

「二人とも、いい加減にしろ。ピアソラ……私は、ハイセから受けた依頼を完遂するまで、プレセアをここに置く予定だ。そしてプレセア、お前は客人だが、私の大事なチームメンバーを侮辱するような発言は控えてもらおうか」

「だ、大事⁉　サーシャ、私が大事って‼　あぁん嬉しいぃぃぃ‼」

「これ以上、世話になる理由はないわ。じゃあね」

「む？　どこへ？」

「私、冒険者よ？　依頼を受けるに決まっているじゃない」

「依頼なら、ここでも受けられるぞ。実は……加入チームが増えても、持ち込まれる依頼が多くて対処できない。腕の立つ冒険者なら、手を貸してほしい」

「私、クランに加入するつもり、ないわ」

「手を貸してほしいだけだ。プレセア、お前はA級冒険者だろう？」

　プレセアはつい最近、A級冒険者となった。少し考え、小さく頷く。

「……いいわよ。ギルドまで行くの面倒だしね」

「助かる。ピアソラ、プレセアを依頼掲示板まで案内してやってくれ」

「イヤ‼　と言いたいけど……サーシャの頼みなら。ほら、行きますわよ」

「ええ」

二人は部屋を出た。サーシャはため息を吐き、ポツリと言う。

「全く、ハイセめ……プレセアの世話を私に頼むとはな」

クラン『セイクリッド』の正規メンバーによる会議が開かれた。

議題は、『禁忌六迷宮』の挑戦について。

「クラン『セイクリッド』は大きくなった。加入チームは五十を超え、持ち込まれる依頼もかなり増えた。それに、A級チームも育ち、下位チームの育成プランも確立して、ボクたち『セイクリッド』も、自由に依頼を受けることができるようにもなった……予定よりかなり早いが、禁忌六迷宮の一つ『ディロロマンズ大塩湖』に挑むなら、今がベストだ」

タイクーンが言うと、眼鏡がキラッと光ったような気もした。

レイノルドも言う。

「賛成だぜ。それに以前『神聖大樹』のアイビス様が、禁忌六迷宮に挑戦するなら、クラン運営に関することなら手を貸すって言ってたしな。大々的に『禁忌六迷宮に挑みます』って言って王都を出れば、戻った時には大英雄。S級冒険者サーシャは歴史に名を刻むぜ」

「名を刻むのはともかく……レイノルドの言う通りだと、私も思う」

サーシャが言う。すると、ロビンが挙手した。

「でもでも、西方だよね？　極寒の国フリズドにある、ディロロマンズ大塩湖って、すっごく寒いんだよね～？」

「あら、あなたビビッてますの？　お留守番でもする？」

「ピアソラのばか!!　留守番なんて嫌だし!!」

ピアソラがクスクスと馬鹿にしたように笑い、ロビンがピアソラの肩をポカポカ叩く。

「準備は入念にしていこう。チームのスタンスに逆らうことになるが……全員、アイテムボックスを二つ持ち、それぞれ食料と医薬品、野営道具を大量に入れて持つことにしよう」

チーム『セイクリッド』共有のアイテムボックスは小さい。これはチームのスタンスが『持てるなら持つ、歩けるなら歩く、節約できるなら節約する』という考えであるからだ。だが、今回は例外……何せ、向かうのは禁忌六迷宮だ。準備は入念にすべきである。

タイクーンの意見に頷くレイノルドが、追加の意見を出す。

「それと、A級チームを二組、連れて行こうぜ。六迷宮の入口前で待機させて、連絡係にする」

「はいはい!!　武器防具の手入れとかもしなきゃだし、アイテムボックスに鍛冶道具入れなきゃ。あと、あたしの場合は予備の矢をとにかくいっぱい!!」

と、それぞれ意見を出し合い、必要なものをまとめる。

現在のクラン『セイクリッド』の資金は潤沢だ。アイテムボックスも高級品を買えるし、中に入れる物資も十分に揃えられる。

話し合いが終わり、サーシャが結論を出した。

「よし。極寒の国フリズドへの出発は一か月後。それまで、全ての準備を分担して行うぞ」


一か月後。

クラン運営を、一番の成長を遂げたA級チーム『アイアンズ』に任せ、アイビスにクランを見守るようにお願いし、サーシャたちは西方にある極寒の国フリズドへ出発した。

移動は馬車。雪国へ向かうので、フリズドへの国境で馬車をソリへと乗り換えることになる。

冬支度の準備も終え、ダンジョンへ挑戦する準備はバッチリだった。

「いよいよだな、サーシャ」

「ああ。禁忌六迷宮の一つ『ディロロマンズ大塩湖』……独特の生態系が築かれている、広大な湖」

レイノルドがサーシャの隣に座る。

「サーシャ」

「ん？」

「お前さ、その……断ったんだろ？」

「何をだ？」

「その、クレスの求婚だよ」

以前、サーシャはクレスに「結婚してほしい」とプロポーズされた。

だがサーシャは断った。今はまだ、結婚など考えられない。

その旨をクレスに直接伝え、納得してもらった。本人は『今はまだ……つまり、チャンスはあるってことだ』と、どこか楽し気に言っていたのがサーシャの印象に残っている。

サーシャは当時のことを思い出し、ほんの少し照れながら言う。

「ああ。殿下には申し訳ないが……やはり私は、冒険者だ。いくら『冒険者のままでいい』と言われても、やはり自由は制限される。それは、私が望む冒険者の姿ではない」

「そっか……安心したぜ」

「え？」

「あ、いや……サーシャはオレたちのリーダーだからな。これからも、ずっと一緒だぜ」

「ああ。レイノルド、ずっと一緒だ」

「……ああ」

レイノルドとサーシャの距離は近い。すぐ隣で、レイノルドに笑いかけるサーシャが、とても美しく見えた。少し、身体を傾ければ、キスできるくらいに……。

「サーシャ!!」

「むぐっ!?」

だが、サーシャの反対側に座ったピアソラが、サーシャの顔を摑んで自分の方へ向けた。

「危ない危ない……もう、気を付けないとダメですわよ？　ケダモノがどこにいるか、わかりませんからね……!!」

ジロッとレイノルドを睨むピアソラ。レイノルドは「ご、誤解だ!!」と叫び、馬車の中は騒がしくも楽しい雰囲気だった。

御者席では、ロビンと、手綱を握るタイクーンがいた。

「平和だねぇ」

「そうか？　騒がしいし、とてもそうは思えんが……」

チーム『セイクリッド』の禁忌六迷宮挑戦が、近づいていた。

◇◇◇◇◇◇

サーシャ一行が到着したのは、極寒の国フリズドの国境地点にある中規模の町。ここで馬車を乗り換える。

用意されていたのは、ソリと車輪の換装が可能な荷車と、ソリを引く専用の生物だ。

事前に、A級チームを先行させていろいろ準備をさせていたのだが、ソリを引く生物を見て、ロビンが目をラキラ輝かせていた。

「かっわぃぃぃぃ～!!」

用意されたのは、一言で表現するなら『巨大な毛むくじゃらの犬』だった。

モコモコした毛、つぶらな瞳（ひとみ）、強靭で太い脚。サーシャが軽く撫（な）でると『オフ、オフ』と独特な声で鳴く。

A級チーム『アイスクリーム』のリーダー、ビヨンドが言う。

「こいつは『スノウドッグ』だ。雪国で荷物を引くのに欠かせない生物で、人懐っこいし、けっこう強い。見ての通り寒さに強く、強靭な足でどんな豪雪でも快適に進むぞ」

「初めて見たぜ……」

「大型犬と魔獣の間に生まれた犬らしい。生まれた時は子犬くらいだが、成長するとここまでデカくなるんだとさ」

ビヨンドがスノウドッグの頭をポンポン撫でると、嬉しそうに顔を擦（こす）りつけてきた。

「一通りの装備も揃えてある。足りないもの、必要なものがあれば言ってくれ」

「すまないな」

サーシャが礼を言うと、ビヨンドは笑った。

「ははは。ディロロマンズ大塩湖に挑戦するんだ。いくらでも手伝うぜ。さ、まずは宿に荷物を置いてくれ。食事も用意してある」

ビヨンドに案内され、サーシャたちは宿へ向かった。

町一番の宿屋には、シャワーだけでなく浴槽もあった。魔獣の油を使い、骨を燃やして火を起こしているのだとビヨンドが言う。

なぜ骨が燃えるのか？　と、タイクーンが興味津々だったが、サーシャはどうでもいい。風呂（ふろ）に入れるだけで、ありがたい。

「…………はぁ」

サーシャは湯船に浸かり、腕や首筋に湯をかける。そして、自分の胸を見た。

「……また大きくなったかな」

先日、十七歳になったサーシャ。女に磨きが掛かり、S級冒険者という肩書だけではなく、『美少女冒険者』とも言われるようになった。

A級チームのリーダーや、別のクランを運営するS級冒険者からの求婚も何度かあった。当然、すべて断っている。自分の胸を少しだけ触り、苦笑する。

「邪魔だな……男に生まれてくれれば、よかったのに」

女は、サーシャにとって『ハンデ』だった。邪魔な胸、月一にある痛み、男よりも筋力がないし、体力だって負ける。

器用さ、速度を徹底的に鍛え、『闘気』の補助で並みの男以上の腕力は手に入れたが、やはりハンデはハンデ。サーシャにとって苦痛だった。

「…………」

でも、よかったと思うことも、あった。自分の唇に触れ、想う。

「…………っ」

ハイセにした、頬への口づけ。勢いでしたことだが、今でも忘れられない。

サーシャは、自覚していた。

「私は……ハイセに、恋をしていたのだな」

今は、わからない。もし、ハイセが『セイクリッド』に在籍したまま能力に覚醒していたら、『セイクリッド』は、ハイセとサーシャの二枚看板になっていただろう。

そのまま、最強の冒険者チームとしてS級冒険者になり、禁忌六迷宮をクリアし……数年後に引退して、その後は……。

「――ッッ!!　ば、馬鹿か私は!!」

ザブッ!!　と湯船に顔を埋め、馬鹿な考えを消す。子供を抱いた自分なんて、考えられない。

「ハイセは幼馴染。行く道は違えたが、冒険者の高みで再会できる。うん、それでいい」

ウンウン頷き、湯を掬って顔を洗う。すると、脱衣所へ続くドアが開いた。

「サーシャぁ～!!　お風呂に入りましょうねぇ～!!」

「ぴ、ピアソラ⁉　ふ、風呂なら自分の部屋にあるだろう⁉」

「サーシャと一緒がいいの‼　えいっ‼」

と、ピアソラが全裸で、狭い浴槽に飛び込んできた。そのまま、サーシャにぴったりとくっつき、今にもキスをしようと顔を寄せる。サーシャはピアソラの顔を押さえた。

「や、やめないか。そういうのは、好きな男に‼」

「私はサーシャが好きなの‼」

「お、女同士では無理だ‼」

「できる‼　サーシャに不可能はないわ‼　ん？　──……くんくん……サーシャ、あなた、ハイセのこと考えてた？」

「に、匂いでなぜわかる⁉」

「やっぱりぃぃぃ‼　チクショウ、ハイセの野郎ォォォ‼」

「お、落ち着け、暴れるな‼」

ピアソラが暴れたおかげで、ある意味頭が冷えたサーシャだった。


二日後。準備を終え、町を出発した。

サーシャたちは全員、分厚い防寒着を着込んでいる。

「少し動きにくいが、寒いよりましだな」

タイクーンが言う。厚手の手袋に耳当てをして帽子をかぶり、手綱を握っていた。

モコモコした上着を着ているので、ちょっとふっくらして見える。

「タイクーン、あったかそうだねぇ」

「ああ。だが、ここから先はこの状態でも寒いだろう……考えただけで、ぞわぞわする」

「あたし、寒いのは無理。暑いのは耐えられるけどねー……ハイセ、砂漠の国ディザーラだっけ。暑いのかなぁ」

「さぁな」

タイクーンは適当に答えた。

ハイセは、今頃(いまごろ)、デルマドロームの大迷宮内で迷子になっているだろうか。

ソロで禁忌六迷宮に挑むのは無謀。少なくともタイクーンはそう考えている。

「ね、タイクーン……タイクーンは、まだハイセのこと、嫌い？」

「その質問に意味はないな」

「そうかなー……サーシャはさ、もうハイセと仲良しだよ？　ハイセだって王国を出る前、サーシャに指名依頼出してるくらいだし」

「和解はしていないだろうな。サーシャの謝罪をハイセは受け入れていない。二人にしかわからない『何か』はあったと思うが」

「その『何か』って?」

「知らん。だが、サーシャはハイセと話して変わった」

「恋、かなあ?」

「こい?」

「うん。以前のサーシャはハイセに当たり強かったじゃん? あれ、頑張るハイセの結果が出ないことに対する自分のイライラを、ハイセにぶつけちゃってたんだよね……『どうしてハイセはこんなに頑張っているのに能力に覚醒しない!! 結果が出ない!!』って。タイクーンは知らないと思うけど、サーシャはハイセに八つ当たりした後、いつも後悔して部屋で泣いてたし。でも翌日もおんなじことして、また後悔する……サーシャ、すっごく不器用なの。ハイセのこと、大好きなのにね」

「……よく見ているな」

「女の子だもん」

「意味がわからん」

タイクーンには理解できない。だが、不思議と的を得ている気がした。

ディロロマンズ大塩湖まで、もう少し。

ディロロマンズ大塩湖。その名の通り、高濃度の塩水が溜まった湖だ。

国一つがすっぽり入ってしまう大きさの湖で。極寒の地フリズドの気候の影響で凍り付いてしまっている。

元は遺跡だったらしい。湖の底には、財宝が山ほどあるそうだ。だが、一度入ると二度と出られないという。

「湖の底まで凍り付いてるそうだ。真偽は不明だがな」

湖の入口でタイクーンが言う。入口と言っても人工物は何もない。凍り付いた湖面に大きな穴が開いているだけの場所だ。

デルマドロームの大迷宮とは違い、ここは管理されていない。入るのも出るのも自由だ。現に、サーシャたち以外の足跡がいくつかある。

「誰か先に入ったようですわね」

「ね、ね、行かなくていいの？　先越されちゃうっ」

「おばか。ここは禁忌六迷宮よ？　焦って自滅するなんて御免ですわ。それに……どんなチームか知りませんが、私たち以外に攻略できるとは思えませんわ」

ピアソラは、モコモコした毛糸の帽子を深くかぶる。

寒さが酷く、全員の頬が赤い。サーシャは、同行したA級チームに言う。

「ここから先は私たちだけでいい。攻略までどれほど時間が必要になるかわからんからな」

「ああ、じゃあ、打ち合わせ通りだな？」

「そうだ。六か月……百八十日経過しても戻らない場合は、チームが全滅したと考えてくれ。クラン運営に関してはアイビス様に任せてある」

「……そうならないことを祈る」

A級チームのリーダーと握手し、チームは去った。

サーシャは、残った全員に言う。

「全員、気を引き締めろ。ここから先はいつものダンジョンとは違う。禁忌六迷宮……誰も攻略したことのない、未踏破のダンジョンだ。現れる魔獣、トラップに気を配れ」

「「「了解」」」

全員、冒険者の顔になる。そして、サーシャたちは湖の底に向かって進み出した。

足下は凍り付いておりツルツル滑り、周囲の壁も氷……とにかく、氷しかない。

ロビンは氷の上でクルクル回る。

「すっごいね。ここ、ホントは湖の上なんだよね」

「そうらしいな。ロビン、あまり遊ぶなよ」

サーシャに注意され、ロビンは「は～い」と頷き、サーシャの腕を取る。

タイクーンは、顎に手を当てて考え込んでいた。

「……少し、気になることがある」

「お、タイクーンの考察、解説が始まりそうだぜ。みんな耳を塞げ」

レイノルドが茶化すが、タイクーンは真面目に言う。

「ここは禁忌六迷宮。一度入ると二度と出られないと言われている……だが、この氷の道を見る限り、いつでも引き返すことは可能だろう」

しばらく歩くが、氷の道があるだけで魔獣もいない。

タイクーンは氷の壁をコンコン叩く。

「かなりの分厚さだ。ボクたちは湖の中を歩いているのに違いない……もし、もしもだ。この氷の壁、氷の地面が砕けたら？　ボクらは極寒の湖に身を沈めることになる。噂だが、ここは独自の生態系が築かれているという話だ……この氷に適応した魔獣がいるとしたら、かなりの脅威に違いない」

その考えは当たっていた。

唐突に、サーシャの立つ地面に亀裂が入り、サーシャは湖に落下したのである。

「ッ⁉　っご、ぼ」

サーシャだけではない。レイノルド、ロビン、ピアソラ、タイクーン。全員が凍り付くような湖に落ちてしまった。まるでタイクーンの会話を聞き、タイミングを見計らったように。

サーシャは気付いた。湖の中に、大量の人骨が浮かんでいる。

湖に落ち、そのまま死んでしまった冒険者たち。

考えている暇なんてなかった。身体が一気に冷え、動きが鈍る。着込んでいるせいか服が重く、まともに動くことも難しい。

口の中に水が入り、その塩辛さに喉が焼けたのかと錯覚した。

水の冷たさ、喉を焼く塩水、唐突な水中……これが、禁忌六迷宮の洗礼。

「……ッ」

サーシャは闘気を全開にする。剣を抜き、強化された身体能力でコートを水中で引きちぎる。

そして、口を押さえ動かなくなりつつあるピアソラの元へ人魚のように泳ぎ腕を掴んだ。

「ざっ……っごぶ」

サーシャ、と言おうとしたらしい。サーシャはピアソラの頬にそっと触れて落ち着かせる。

周囲を見ると、コートを着たままのレイノルドが、気を失いかけているロビンを掴んで泳いでいた。水中で分厚いコートを着たままで、ロビンを抱えて泳ぐレイノルドの体力、腕力はさすがのものだ。

サーシャはレイノルドと合流。動かないロビンを受け取ると、ロビンに口づけをして息を吹き込んだ。

「むごっぼ……!?」

ロビンの目が開く。ピアソラがロビンとサーシャの口づけに驚愕していたが、それどころではない。残るタイクーンを探すサーシャ。

そして――見つけた。

タイクーンは生きている。杖に光を灯し、サーシャたちに合図を送っていた。

が……その位置がおかしい。なぜ、浮上せずに潜り、湖底で合図をしているのか。

「ごぶば、ぶごぼぼ!!　ざーじゃ!!」

口を開け、必死にアピールしている。湖底に杖を突き付けている。

理由は不明。だが……凍り付くような水中で、ピアソラ、ロビンはすでに呼吸の限界。レイノルドも限界が近く、闘気を纏うサーシャも限界だ。

サーシャは剣を強く握り、ピアソラとロビンをレイノルドに任せ、人魚のような速度で一気に潜水……剣を振り上げ、タイクーンの合図する場所めがけて、思いきり剣を叩き付けた。

（黄金剣――『断空剣』!!）

声が出ないので、技名は心の中で念じる。

すると、湖底に亀裂が入り大穴が開く。栓を抜いたバスタブのように、水が一気に抜けていく。その勢いに身体が引っ張られ、五人は穴に飲み込まれた。

穴に飲み込まれると、新鮮な空気で胸が一気に満たされた。そして、浮遊感――からの、硬い地面へダイブ。目を閉じていたので、サーシャは何が何だかわからない。

すると、地面ではなく人の上に覆いかぶさっていることに気付いた。

「ぐ……」

「……た、タイクーン？」

「無事か、サーシャ」

どうやら、タイクーンの上に覆いかぶさっているようだ。サーシャは慌てて立ち上がる。

「す、すまない!!　ええと……な、何が何だか」

サーシャに抱きつかれていた形なのだが、タイクーンは照れの一つもない。

杖で服を叩くと、コートが熱を持ち水分が蒸発、まるで全身から蒸気を噴き出しているようだった。

「た、タイクーン!?　な、何を」

「服を乾かさないと危険だ。それに、今はとにかく濡れた身体を温める必要がある。サーシャ、キミも、あちらに転がっている連中もだ」

すぐ傍で、レイノルドがクッションとなるように、ロビンとピアソラも転がっていた。

三人とも動かないが、呼吸で胸が上下している。タイクーンは全員の服を乾かし、濡れた身体を温めた。

三人は起き上がり、服から蒸気が噴き出していることに驚きつつ、何が起こったのか理解できなかった。だが、タイクーンは冷静に言う。

「頭上を見ろ」

全員が頭上を見ると、氷の天井から滝のような水が流れている。今いる場所は空洞で、地面は氷ではなく石畳になっていた。

「ここはディロロマンズ大塩湖の湖底。そして、ここが禁忌六迷宮、真の入口だ」

タイクーンは、自分の考えを整理するように続ける。

「恐らく、あの湖の道は偶然の産物。真の入口は湖底だったんだ。湖底に近づくにつれて足下の氷は薄くなり、最終的には割れて湖にダイブ。何も知らなければパニックになり、凍り付くような水で一気に体温が低下して死亡……誰も戻ってこないのは、あの湖に落ちて死んだからだ。浮上して元の足場を目指しても、薄氷の上に戻ることはできないし、割れた直後すでに氷は張り直されていたから戻ることも難しい。大抵はここで諦める……だからボクは、あえて湖底を目指した。案の定だった。湖底をよく見ると地面ではなく氷の壁。つまり、湖底を破壊すれば水が一気に抜け、ボクたちがいる真の湖底に到着できるというわけだ……まぁ、賭けだったたが」

眼鏡をクイッと上げ、タイクーンは力を抜く。

「恐ろしい洗礼だった。一度入ると二度と出れない、か……確かにその通りだ。ここからでは上に戻る手段はないし、先に進むしかない。ここまで、ボクのように考え、到達することができた冒険者は何人いるのか……ん、どうした？」

四人は、唖然としてタイクーンを見ていた。そしてサーシャが言う。

「タイクーン。お前……それら全てを、水中で考え、実行したのか？」

「全てではない。湖で、凍った水の中を進んだ時から考えていた」

「……タイクーン、我々全員、お前に感謝すべきだな。お前がいなかったら全滅していた」

サーシャはタイクーンの手を取り、強く握る。だがタイクーンは手を離した。

「やめてくれ。その……仲間を救うために考えるのは、当然のことだ」

「それでも、感謝する」

サーシャが微笑むと、レイノルドがタイクーンと肩を組む。

「そうだぜ。さっすがウチの頭脳。今度、飲み屋で奢ってやるよ」

「ありがと、タイクーン!!」

「感謝しますわ。もうサーシャに会えないと覚悟しましたわ……あ!!」

と、ピアソラがロビンを睨む。

「ロビン!!　あ、あなた……さ、サーシャと接吻を!!　キィィ羨ましい!!」

「へ？　なんのこと？」

「ぴ、ピアソラ。それはその、緊急事態というか……」

「私、私もお願いしますわ!!」

「お、おい顔を近づけるな!!」

口を突き出すピアソラを押さえ、サーシャたちはようやく、第一の関門を突破した。

ようやく落ち着き、周囲を見渡す。

「ここが、ディロロマンズ大塩湖のダンジョンか」

湖底は、先に続く道が伸びていた。地面は滑らかで、石畳や踏みしめた地面とも違う。

先が見えず、サーシャはランプを出す。

「全員、気を引き締めよう……ここからが本番だ」

サーシャたちは、奥に向かって歩き出した。

とりあえず、現在位置を地下一階層と仮定し、歩き出す。

辺り一面が氷で覆われているが、地面だけはしっかりした造りで滑ることはなかった。

タイクーンは、笑顔が隠し切れず言う。

「素晴らしい……!! これが禁忌六迷宮。見ろこの壁を。凍り付いてはいるが、壁画のようだ……うむ、ボクには理解できない。これは、何だ？」

「お花かなぁ？」

「ふむ……恐らくだが、ここは建物の中だろう。ディロロマンズ大塩湖に沈んだ建物が、ダンジョンとしてここにあるのか？ それとも、建物の周りに塩の湖ができたのか？ むむ、研究したい……」

「おーいそこ、帰ってからにしろよ」

　レイノルドに呼ばれ、タイクーンは名残惜しそうに壁から離れる。どういう原理なのか、壁がキラキラ光り、氷に反射して灯りのようになっている。ピアソラは、持っていたランプを消し、アイテムボックスに収納した。

「灯り、いりませんわね」

「ああ。それに……広い。ここなら、敵が出ても思い切り戦えそうだ」

　横一列に十人並んでも広い。天井も高く、大型の何かが通るための道のようにも見えた。

　そして、その道だが……非常にめんどくさい。

「曲がり道、登り道、急斜面、下り坂……もう!!　なんですの、この道は!!」

　ピアソラが文句を言う。それもそのはず。サーシャたちが歩く道は、道幅こそ広いが曲がり道や登り道などの繰り返しだ。そこそこ歩いて下の方まで来たが、一向に終わりが見えない。

　すると、タイクーンが言う。

「……妙だな。ダンジョンなら、迷わせるために分岐路やトラップがあるんだが、ここにはそれがない。ひたすら曲道や登り道だけがある……」

「これが序の口ってのは違いねぇが、めんどくさいぜ」

　レイノルドが肩をすくめ、サーシャがクスッと笑った。すると、ロビンが言う。

「ハイセの方はどうかな？　デルマドロームの大迷宮、こっちとは違う、砂漠だよね」

「出発もボクらより速いし、ハイセのことだからもう中盤程度まで進んでいるだろう」

「フフ、死んでいるかもしれませんねぇ？」

ピアソラが笑うと、サーシャがピアソラにデコピンした。

「いたっ」

「不謹慎だぞ。同じ冒険者なら、死を願うのではなく、生きて踏破することを願え」

「むぅ～……」

「……そろそろ昼も近い。休憩しよう」

サーシャがそう言い、曲がり道の途中で休憩することにした。アイテムボックスから椅子や
テーブルを出し、出店で買った串焼きなどを広げる。

「ん～、時間停止のアイテムボックス便利ですわ。お肉がホクホクです」

「確かに。これは便利だ」

ピアソラの言葉にタイクーンが同意。レイノルドは、周囲を見ながらサーシャに言う。

「な、サーシャ。けっこう歩いたし、今日はここまでにしないか？　今は腹具合から見て夕方
手前ってところだろ。時間の感覚があやふやだが、生活リズムは崩さない方がいい。じっくり
八時間休憩してから出発しようぜ」

「……そうだな。よし、では食事が終わったら交代で休憩に入ろう」

この日、チーム『セイクリッド』はディロロマンズ大塩湖に挑戦開始。長きダンジョン生活が始まったのであった。

サーシャたちが『ディロロマンズ大塩湖』に入り、七十日が経過した。

最初こそ元気なメンバーだったが、やはり疲労の色が濃くなっている。

特に、ピアソラ。

「はぁ……」

もう何十日も、似たような道を下っている。横長、縦長の広い曲がりくねった道を進み、現れる魔獣を倒し、休憩し、また歩く。

これの繰り返しが、もう七十日だ。さすがのピアソラも、サーシャに構う元気がない。

逆に、タイクーンが生き生きしていた。

「ここは階層というモノがない。ただひたすら下るだけの道だ。魔獣がどこから現れ、どこで生活してるのか……独自の生態系が築かれているようだが、気になるな」

アイテムボックスから羊皮紙を取り出し、メモをしながら歩く。

見たことのない魔獣をスケッチしたり、独自の考えをメモしたり、もう本一冊分くらいのメモはしているようだが、タイクーンに疲れはない。

ロビンは活発さこそ失われていたが、ピアソラよりは元気だった。

「ねー、そろそろ休憩しない？」

「そうだな。恐らく、お昼だろう」

サーシャが立ち止まり、仲間たちに休憩の用意をさせる。ほぼ無口なピアソラを見て、レイノルドがサーシャに耳打ちした。

「な、サーシャ。そろそろピアソラのストレスがヤバい。ここらで提案したいんだが」

「ん？　なんだ？」

「ごにょごにょ……」

「……なるほどな、それはいい考えだ。ぜひやろう」

「ああ、じゃあ飯食ったら用意するぜ」

レイノルドは張り切って準備を始めた。

昼を食べ、少し進み、野営の準備をする。いつもはテントを出したりするレイノルドだが、今日は少し離れた場所に物干し用の竿や台を用意し、紐をかけてシーツで目隠しを作っていた。

タイクーンが首を傾げる。

「レイノルド、それは何だ？」

「いいから、お前も手伝え」

「な、なんだいきなり。ん？　これは……」

「『賢者』様の魔法、頼むぜ」

「……なるほどな」

女性陣が夕食の支度をしている間、男二人で準備をする。

食事を終え、ほぼ無言のピアソラは、テントへ戻ろうとした。だが、サーシャが止める。

「待てピアソラ。みんなに提案がある。明日は休みにして、一日ここで休憩しよう」

「オレは賛成だぜ」

「ボクもだ。少し、これまでの考えをまとめたい」

「あたしも～……一日ぐっすり寝たい」

「私もです。さすがに、もう……」

明日の休日が決まった。そして、レイノルドが言う。

「じゃ、女性陣にプレゼントがある。こっち来い」

案内したのは、シーツの目隠し。そこにあったのは、一つの樽。樽の中には、ちょうどいい湯が張られており、入浴にピッタリだった。

「風呂だ。お湯に浸かってゆっくり身体をほぐせば、ゆっくり寝られる。身体拭くだけじゃ疲れは取れないしな。オレとタイクーンが見張ってるから、女三人でゆっくり浸かりな」

「……あなたにこんな気遣いができるなんて」

ピアソラが、驚いたようにレイノルドを見る。すると、バツが悪そうに言った。

「あー……この樽風呂、ハイセが考えたんだよ。長期依頼で風呂に入りたい時とか、使えるかもってな。結局、使わなかったけど……オレは話を聞いてたから知ってたんだ」

「……ハイセが」

ピアソラは、複雑そうだった。サーシャは、初めて聞いたのか驚いている。

「ハイセが、考えたのか？」

「ああ。まぁ、当時使ってたアイテムボックスの容量は小さかったし、風呂だけのために樽を持ち歩くのはもったいないから、アイデアだけで使うことはなかったけどな。今回のは、空いた樽に、タイクーンの魔法で湯を入れたから問題ない。っと……それより、湯が冷めるから入りな」

レイノルドは、距離を取った。

「じゃあ入ろっ‼　樽風呂なんて贅沢かも」

ロビンが素早く服を脱ぎ、お湯を身体にかけて顔を洗う。そして、樽に飛び込んだ。

「っっ～～～っ、あぁぁぁ……きんもち、いいぃぃ」

とろ～んと蕩けた。ピアソラも同じように湯へ。すると、とろーんと蕩ける。

サーシャも蕩け、湯の温かさを全身で感じていた。

「はぁぁ……気持ちいいですわ。悔しいですが、ハイセに感謝しないと」

「そうだな……全く、こんなのがあるなら、教えてくれればいいのにな」

「えぇ～？　たぶん、当時のサーシャなら『そんなの無駄だ』って言いそう」

「ろ、ロビン。私はそんなことは言わない」

「言う言う。絶対言うって」

三人は、樽風呂を満喫しながら、キャッキャと騒いでいた。


「こんな時でも、話題はハイセか……」

距離はあるが、声は聞こえてしまう。レイノルド、タイクーンの話題は一切出ず、どこか寂しいレイノルドだった。すると、羊皮紙をまとめていたタイクーンが言う。

「……やはり、このダンジョンは」

「ん？　おいタイクーン、どうした？」

「いや。ディロロマンズ大塩湖について、いくつか仮説をな」

「？」

「壁画、通路、魔獣……どれも、外では見ない物ばかりだ。この通路、通常のダンジョンとは造りがまるで違うし、文明のレベルも違う……未知の文明と言う方が正しいだろうな」

「未知の文明？」

「ああ。ハイセが使う武器のような、得体の知れない何かだ」

「おいおい……オレら、そんなところを進んでいるのか」

「あくまで推測だ。くくっ、これは面白い研究になりそうだ」

「……楽しそうで何よりだぜ」

この日から十日後、サーシャたちは通路を抜け、全く違う景色がある場所へ到着する。

チーム『セイクリッド』のダンジョン攻略は、ようやく折り返しを迎えるのだった。

ディロロマンズ大塩湖を進むこと百日。

ついに、長い道を越え、ようやく開けた場所に到着……なんとそこは、『住宅街』だった。

高い天井、真っ白な壁、その中にある数々の住宅。見たことのない建築法で建てられた家で、周りには『ジドウシャ』や『バイク』などが転がっていた。

タイクーンは、震えていた。

「ぶ、文明……文明だ!!　は、ハハハハハッ!!　すごい、すごい、すごい!!　まさか、禁忌六迷宮の一つ、『ディロロマンズ大塩湖』に文明があるなんて!!　なんだこの四角い車輪の付いた箱は!?　見ろ、この建築方式……見たことがない。一軒一軒が宝の山!!　ああ、ボクの仮説は正しかった!!　アッハッハッハぁぁ!!」

「お、おい、タイクーンが壊れちまった……」

「うざいですわ。レイノルド、気絶させなさい」

「そ、それはやりすぎじゃない？　ね、サーシャ、どうする？」

サーシャは、興奮して走り回るタイクーンの肩を掴んだ。

「ん？　ハハハッ、サーシャじゃないか。どうした？　キミも興奮しているのかい？」

「違う。少し落ち着け。興奮しすぎだ、お前らしくない」

「わ、わかっている。だが、止められない。こんなものを見せつけられたらな」

「やれやれ……とにかく、落ち着くんだ」

「あ、ああ……深呼吸、深呼吸。ふぅぅ」

ようやく落ち着いたタイクーン。サーシャたちは、住宅街を歩き出した。

「うわ、見ろよコレ……錆(さ)びてボロボロだぜ」

「へんな形だね。車輪っぽいの付いてるけど」

「……乗り物、か？　見ろ、中に椅子がある」

サーシャは、近くの白い壁を指でなぞり、軽く舐(な)めた。

「これは、塩だな」

「ディロロマンズ大塩湖、その名の通り塩の湖……周りの白い壁が全て、塩のようだな」

魔獣の気配はなかった。塩だらけの住宅街。食べ物も、飲み水もない。

「ここが最下層なのかな～？」

ロビンが言う。タイクーンは、周囲を観察する。

「まだわからん。だが……可能性はあるな」

「じゃあじゃあ、財宝は⁉」

「あるだろう、目の前に」

「え⁉」

「この素晴らしい景色‼　これこそ財宝だ‼」

「……え～」

ロビンはげんなりした。タイクーンの言うことも正しいのかもしれない。が……ただの古い住宅街が『宝』とは思いたくない。目に見える『宝』が欲しいとロビンは思う。

すると、サーシャが言う。

「これだけ家があるんだ。今日はここで休んで、明日、調査をしよう」

「そうですわね。ほら男ども‼　野営の準備ですわ‼」

「へいへい。じゃあ……あの家にするか」

レイノルドは、近くにあった家の門を開け、ドアを掴む。

精巧な作りのドアだった。ドアノブを回すと、ガチャッと開く。玄関が狭く、一段高くなっている。玄関の脇には入れ物があり、開けるとたくさんの靴が入っていた。

「ふむ、玄関に靴……恐らく、ここに住んでいた人間……『古代人』とでもしておくか。古代人は、ここで靴を脱いで家に入っていたようだ」

「家で靴脱いじゃうの？」

「恐らくな。玄関が一段高くなっているだろう？　そして、この靴入れ……そう考えるのが自然だ」

「ま、オレらには関係ねぇけどな」

レイノルドは土足で上がり、サーシャ、ピアソラも続く。玄関の先は、リビングになっていた。二階へ続く階段もあり、部屋もいくつかある。

「お、ソファだぜ。クンクン……塩っぽいな」

「これは何だ？　ドアがある……？　中には……なんだ、これは？」

タイクーンは細長い鉄の箱を見つけた。取っ手があり摑んで開いてみると……古びた円柱の入れ物があった。入れ物は鉄製で、魚の絵が描かれている。ハイセがいれば『缶詰』とわかったのだが、情報が足りない。

「きゃぁぁぁぁっ⁉」

「「‼」」

レイノルド、タイクーンがピアソラの叫びを聞いた。最初にサーシャが二階へ。ロビン、レイノルド、タイクーンと続き、ピアソラのいる部屋へ飛び込んだ。

「ピアソラ!!」

「サーシャぁ!!　そ、そこに……」

「ん……これは」

クローゼットから見えていたのは、人骨だった。服を着た、少女の人骨だ。桃色のワンピースを着ている。どうやら、隠れていたようだ。

「この家の住人か……ピアソラ、祈りを捧げてやってくれ」

「は、はい……」

ピアソラの祈りは、死者の魂を浄化する。ピアソラは丁寧な祈りで死者を送った。

「ここの住人か……」

「古代人。一体、ここで何があったんだろうか」

「ねーねータイクーン。隣の部屋、本いっぱいあるよ」

「ナニィイイイイイイ⁉」

「うげっ⁉」

レイノルドを突き飛ばし、タイクーンは隣の部屋へ。サーシャたちが部屋を覗くと。

「古代の本!!　くっ、読めない……だが、この文字、どこかで見たことがあるな。多少は解読できるだろう。文字を少しでも理解できれば、文章を理解して、わからない文字を補完し、解読することができるかもしれん。よし、さっそく……」

ブツブツブツブツと、タイクーンは羊皮紙を取り出し、メモをしながら本を読み始めた。

「ああなったら数日は動かねぇぞ」

「仕方ない。私たちで、できる探索をしよう。それに、これだけ広い住宅街だ。さらに奥へ進む道か、財宝のありかがわかるかもしれん」

「じゃ、しばらくはここでお休みだね。ここ拠点にしよう!!」

「その前に食事ですわ。お腹が減りました～……」

サーシャたちは、野営の支度を始めるのだった。


食事を終え、タイクーンの口にパンを無理やり詰め込み、自由時間となった。

ピアソラとロビンは疲労から熟睡、タイクーンは解読。なので、リビングにはサーシャとレイノルドの二人となる。

「「……」」

互いに無言だが、レイノルドは意識をしていた。サーシャは、剣を磨き、鎧を磨く。

普段は硬い鎧に守られているが、鎧を外すと女性的なラインがよくわかる。

レイノルドも男だ。興奮するし、触れたいとも思う。

「ハイセは……どこまで進んだだろうか」

「…………」

だが、興奮は冷めてしまう。サーシャは嬉しそうな、優しい笑みを浮かべていた。

「な、サーシャ」

「ん？」

「お前、気付いてるのか？　ハイセの名前を出す時、すごい顔してるぞ」

「なっ⁉」

「はは、冗談だって。な、サーシャ……まだ、ハイセのこと気になってんのか？」

「それは……幼馴染だし」

「そうじゃねぇよ。異性として、気になってんのかってこと」

「…………わからない」

いつものサーシャだったら即答していただろう。レイノルドは、ため息を吐いた。

「まぁ……オレにもチャンス、まだあるかねぇ」

「ん？」

「こっちの話だよ」

サーシャたちは、この住宅街に二日ほど滞在し、疲れを癒した。

タイクーン以外の全員で住宅街の周囲の調査をすると、わかったことがいくつかあった。

情報のすり合わせをするため、タイクーンは、全員をリビングに集めて言う。

「ここが住宅地なのは間違いない。ここに、高度な文明を持つ『古代人』が住んでいた」

タイクーンは、この数日で書いた百枚以上ある羊皮紙の束をポンポン叩く。

「理解できないことがいくつかある。まず一つ……この住宅街は『整いすぎて』いる。これだけの規模の住宅街が氷の湖に閉じ込められているとなると……まず、一度は町が湖に沈んだはずなんだ。それなのに、家の中が一切荒れていない。可能性としては……まずあり得ないが、一瞬で水に飲み込まれ、一瞬で凍結した……ふ、馬鹿な話だ」

自分で言い、自分で否定するタイクーン。首を振って話を続ける。

「そして、ここで呼吸ができる理由もおかしい。そもそも、なぜ空洞ができて、この住宅街が露出しているのか……」

眼鏡をクイッと上げ、難しい顔で言う。するとロビンが挙手。

「はいはーい。それはあとで考えようよ。ねえタイクーン……ほんとに、ダンジョンこれで終わり？　お宝もないし、よくわかんない町だけで『踏破しました!!』なんて、味気ない～」

「同感ですわね。ダンジョンと言うなら、ダンジョンボスがいるはずでは？」

「そう、そこなんだ」

タイクーンがビシッと指を立て、ニヤリと笑う。レイノルドは「ごきげんだな……」と呟く。

紅茶を飲んで喉を潤し、サーシャが言う。

「いるのだな？　タイクーン」

「ああ。恐らくここにダンジョンボスはいる……正確には、ここから下の階層にな」

「待った!!　下の階層、って……昨日、ここ一帯を調べたけど、一日で調べられるくらいの広さだし、家ばっかりで周りは塩の壁しかないよぉ？」

ロビンがつまらなそうに言った。だが、タイクーンは首を振る。

「ふふふ、実はもう一つ見つけた……見てくれ、これを」

タイクーンは、胸ポケットから地図を取り出し広げる。ピアソラが首を傾げた。

「……読めませんわ。でも、絵はわかりますね」

「古代人の文字だ。全ては解読できないが、少しは読めるようになった。これは『エイゴ』と『ニホンゴ』を組み合わせたもので、『カンジ』という文字も使われている……恐ろしいな、古代人は日常的に、暗号のような文字をスラスラ読んで内容を理解していたようだ」

タイクーンが、好奇心を隠しきれない笑顔で言う。ちなみに、タイクーンのアイテムボックスには、家にあった本が大量に詰め込まれている。

レイノルドは、地図を見ながら言う。

「これ……もしかして、この辺りのマップか？」

「ああ。地理的に間違いない。ちなみに、ボクたちのいる場所はここだ」

タイクーンは、地図に魔法でマークをする。そして、指で地図をなぞり、一点を指差す。

「そして、ここ……」

地図には、地下への階段が描かれていた。

「ここから『チカテツ』という地下空間に行ける。古代人は、地上に複雑な町を築き、地下に広大な道を作り移動していたようだ。この『チカテツ』からさらに、下の階層へ進めるようだ」

「「おお〜」」

レイノルド、ロビンがパチパチと拍手。サーシャも頷いた。

「さすがタイクーンだ。では、この『チカテツ』とやらに向かえばいいんだな?」

「ああ。だが、チカテツはかなり入り組んでいる。恐らくだが……魔獣も多く生息している。全員、万全の状態で臨んだ方がいい」

「なら問題ないぜ。二日間、たっぷり休んで英気を養ったからな。なぁ?」

レイノルドが言うと、サーシャ、ロビンが頷き、ピアソラが「ふん」とそっぽ向いた。

タイクーンも頷く。そして、サーシャが言う。

「では、出発は明日。目的地は『チカテツ』で、さらに地下へ向かう。みんな、ディロロマンズ大塩湖の攻略が見えてきたぞ!!」

こうして、サーシャたちは更なる地下へ向かうことになった。

翌日。一行は地下鉄の入口へ。

チカテツの中は、細く長い道が続いていた。ピアソラはさっそく文句を言う。

「なんってですの？　この歩きにくい道!!　鉄の棒が延々と伸びて……もう邪魔!!」

「これは、『センロ』だな。古代人は『デンシャ』という乗り物で地下を移動していたらしい。

ふむ、これは……地上でも応用できるかもしれんな。よし、覚えておこう」

「ああもう、邪魔ぁ!!」

キーキー怒るピアソラ。レイノルドは、サーシャに言う。

「サーシャ」

「わかっている。獣臭……このセンロとやら、魔獣の通り道のようだ」

「気付かれてるな」

「ああ。そこら中から気配を感じる」

サーシャは剣を抜く。レイノルドは大盾を使わず、右手に持つ丸盾だけを構えた。

ロビン、ピアソラ、タイクーンも気付く。

『グルルルル……』

センロの奥から現れたのは、漆黒の狼だった。現れると同時に、ロビンが迷わず矢を放つ。

『カッ!!』

「えっ!?」

だが、狼は口から衝撃波を放ち、矢を撃ち落とした。同時に、サーシャとレイノルドが飛び出す。タイクーンが詠唱を始め、ピアソラも祈りを捧げる。ロビンは再び矢を番（つが）えた。

『ガァッ!!』

「サーシャ、前方に五匹!!」

レイノルドが叫ぶと同時に、サーシャの身体が『闘気』に包まれる。

狼がサーシャに飛び掛かる。

「ドラァ!!」

『ギャンッ!?』

だが、レイノルドが割り込み──なんと、右腕の丸盾で狼を叩き落とした。

地面に転がった狼の頭に剣を突き刺し、サーシャは上空に剣を振るう。

「黄金剣、『空牙（くうが）』!!」

闘気が刃となって飛び、音もなく天井に張り付いていた狼を三匹、両断した。

そして、タイクーンの詠唱が終わる。

「『速度強化』、『腕力強化』!!」

「おっしゃぁ!!」

『ッゴガ⁉』

タイクーンの補助で速度と腕力が強化されたレイノルドが、飛び掛かってきた狼に拳(こぶし)の連打を叩き込む。最後にアッパーで吹き飛ばすと、ロビンの放った矢が三発突き刺さった。

「『祝福』」

ピアソラがサーシャに祈りを捧げる。サーシャが対峙(たいじ)していたのは、狼のボス。

普通の狼の三倍ほどの大きさだ。討伐レートはSを超えるだろう。

「来い」

『ガァァァッ‼』

狼とサーシャが同時に飛び出す。すると、ピアソラの『祝福』が、一時的にサーシャの身体能力を三倍に引き上げる。

『祝福』が発動するかは運。だが発動すれば身体能力が三倍になる。今回は当たりを引いた。

サーシャが一気に加速し、黄金の刃で狼を一刀両断した。縦にスッパリ割れた狼は即死。残りの狼も全て討伐された。

「ふぃぃ、ビックリしたぜ」

レイノルドが言う。タイクーンは眼鏡をクイッと上げ、狼を見た。

「魔獣図鑑でも見たことがない魔獣だな。新種か……よし、一匹はギルドに持ち帰ろう。サーシャ、キミが倒した大物は素材だけ回収しよう。牙だけでも、かなりいい武具が作れるだろう」

「ああ、わかった」

素材を回収し、一行は再びセンロを歩く。すると、ロビンがサーシャの隣を歩く。

「ね、サーシャ」

「どうした、ロビン」

「ん……なんとなくだけどさ、もう少しで踏破だよね」

「恐らくな」

「あのさ、踏破してギルドに戻ったら……パーティーしない？」

「パーティー？」

「うん。きっと、サーシャはお城に呼ばれて、王様とかすっごく褒めてくれるよね。その後は、いろんなS級冒険者やクランが挨拶（あいさつ）に来たりで忙しくなると思う。それで……そういうの終わったらさ、パーティーやろうよ。クランで、みんなで」

「ふふ、いいな。ぜひやろう」

と、ここでピアソラが割り込んだ。

「賛成ですわ!!　ね、サーシャ……ここを踏破したら、私のお願いを一つだけ聞いてほしいの」

「お願い？」

「はい!!」

「お、いいな。なあサーシャ……オレの頼みも聞いてくれないか?」

「れ、レイノルド?」

「アァァアん!?　テメェ、何割り込んで勝手なこと言ってやがるんっだゴラぁ!?」

ドスの利いた声でピアソラが睨むが、レイノルドは無視。タイクーンも便乗した。

「ボクも頼みがある。サーシャ……S級冒険者の権限で、王城にある図書室に入れるように取り計らってくれないか?」

「か、構わないが。それとレイノルド、ピアソラ……お前たちの頼みは?」

「オレは踏破してから言うぜ。ま、楽しみにしてくれ」

「私も!!　サーシャ……私、本気のお願いをしますから!!」

「あ、ああ」

と、サーシャはロビンを見た。

「ロビン。お前は何か、願いはないか?　私にできることなら叶えてやるぞ」

「じゃあ……一つだけ、いい?」

「ああ」

「あのね、パーティーを開く時……ハイセも呼んでいいかな」

「……ハイセを?」

「反対!!　あんな不愛想な根暗男、必要……もがが」

「少し黙ってようぜ」

「もがが!!」

ピアソラは、レイノルドに羽交い絞めされた。ロビンは続ける。

「いろいろ言ったけどさ……あたし、やっぱりハイセと昔みたいに仲良くしたいな。禁忌六迷宮をクリアしたら、お話ししたいな」

「……ロビン」

「タイクーンだってそうでしょ？　ハイセと本の話、したいよね」

「……否定はしない。ボクの知識に付いてこれるのは、ハイセくらいだからな」

「だから、いい？」

「……わかった」

「うん。ありがとう!!」

ロビンは、どこまでもまっすぐだ。ハイセのことが好きなのだろう。恋愛的な好きではなく、兄のように慕っていたから。

サーシャは、そんなロビンがとても可愛(かわい)らしく見えた。

サーシャたち『セイクリッド』は、『チカテツ』を進む。

道中、何度も魔獣に襲われた。が……運がいいのか、チカテツが狭いおかげで、現れる魔獣は全て小～中型。群れで襲ってくるが、『セイクリッド』のチームワークで難なく対処できた。

タイクーンだけが気付いていた。

「……やはり、そうか」

「ん？　タイクーン、どうしたの？」

「いや、何でもない」

間もなく、チカテツも終わる。別に言わなくてもいいだろう。度重なる連戦で、自分たちのチームワークがさらに洗練され、個人の実力も上がっていることなど。

レイノルドはすでにS級レベル。タイクーン、ロビン、ピアソラもA級上位か、S級認定されてもおかしくない強さだ。

能力も、間違いなく強くなっている。タイクーンは、自分の『賢者』魔法による補助効果時間を完全に把握しているが、サーシャたちにかけた補助魔法が三十秒以上、長くなっていた。

「見ろ、出口だ」

サーシャが指差す先に、光が見えた。センロの先に、大きな出口が見える。タイクーンは「トンネルだったか」と言い、レイノルドは「ようやく外か……」と、安堵（あんど）していた。

ロビンが背伸びして言う。

「や〜っとお外だね!! あぁ〜、早く行こっ!!」

そして、走り出す。全員、疲労もあったのだろう。だから、ほんのわずかに、油断していた。

ここが、禁忌六迷宮……『ディロロマンズ大塩湖』ということに。

「――ッ、ロビン!!」

「え?」

ズズズ……と、チカテツの出口に、ドロドロした何かが現れた。

それは、漆黒のヘドロ。ただのヘドロではない。

「招かれざるお客さん、しかも……可愛い子」

出口の壁に、いつの間にか『女』が寄りかかっていた。褐色肌、赤い目、灰銀の髪、そして頭部のツノ……サーシャは一瞬で理解した。

「魔族……!!」

「せいか〜い」

女は、指をパチンと鳴らす。すると、漆黒のヘドロがロビンの身体を包み込み、顔だけ出ている状態になった。

「う、ぁっ!? なにこれ、気持ち悪いっ!! いやっ!!」

ロビンは、首だけ動かして暴れる。だが意味がなかった。サーシャは剣を抜き、レイノルド、タイクーン、ピアソラも戦闘態勢に入る。

が、女がニヤリと笑い、ロビンを指差して言う。

「動くと、溶けちゃうわよ？」

「「「っ!!」」」

「ひっ……」

ドロドロした黒い何かが、ペッと何かを吐き出した。それは……ロビンが着けていた胸当て。ドロドロに溶け、原形がない。

魔族の女は言う。

「この子は『ショゴス・ノワールウーズ』……この世界最強の『スライム』にして、この古代都市を滅ぼした『七大災厄（カタストロフィ・セブン）』の一つ。フフフ、今は私の可愛いしもべ」

「カタストロフィ、セブン……？」

タイクーンが警戒しつつ聞く。女は、ニッコリ微笑んだ。

「あらいい男。そうねぇ……暇だし、答えてもいいわ。ああ～……その前にぃ」

「えっ、っきゃぁぁぁ!?」

「ピアソラ!?」

ピアソラの背後にショゴスが現れ、一気に飲み込んだ。

どこから現れたのか。地面から湧（わ）き出（で）るように現れ、ピアソラを引きずり込み、ロビンを拘束していたショゴスと同化した。そして、ペッと何かを吐き出す……それは、ピアソラの衣類だった。

「うふふ。女の子なんて何百年ぶりかしら……たっぷり楽しませてもらうわ」

「いやぁぁ!! 私はサーシャ、サーシャがいいのぉ!! 魔族なんて嫌ぁぁぁ!!」

「よ、余裕そう……うう、気持ち悪いよぉ」

暴れるピアソラ。顔をしかめるロビン。魔族の女はクスクス笑う。

「ああ、自己紹介ね。初めまして……私はここの番人、ノーチェスよ」

ノーチェスと名乗った魔族の女は、美しい動作で一礼した。

ノーチェスは、「こっちにいらっしゃい」と言い移動する。サーシャたちはチカテツから出ると、その先にあったのは数多くの『デンシャ』だった。

「ここは、デンシャの倉庫……か？」

「驚いた。あなた……古代文字が読めるの？」

いつの間にか、タイクーンの隣にノーチェスがいた。レイノルドが丸盾をノーチェスに向かって投げるが、ショゴスが触手のように伸びて叩き落とす。

「ふふふ……驚いたわね」

ノーチェスは、ショゴスに包まれた。そして、地面の中に溶けるように消えてしまう。

「こいつ、スライムと同化して地面を移動できるのか!!」

レイノルドが叫ぶ。丸盾が自動でレイノルドの元へ戻ると、タイクーンを守るように立つ。

「気を付けろ、あの女……以前の魔族とは比べ物になんねぇぞ!!」

「くっ……」

大量のデンシャが設置されており、迷路のようになっている。すると、どこからかノーチェスの声が聞こえてきた。

「カタストロフィ・セブン……この子たちはね、古代を滅ぼした七つの悪魔なの。古代の人間はね、多くの犠牲を出しながら、七つの悪魔を封印……そのまま、滅んだ」

すると、ドロドロした漆黒のショゴスが、電車を凍結させまとめて飲み込んだ。そして、透明な身体の中で、凍結した電車がボリボリと砕けていく。

「……凍結、している？」

「そうよぉ。この子、大きなものを食べる時は、凍らせて体内で砕いて食べるの」

見通しがよくなり、部屋の中心にノーチェスと、ショゴスが現れる。ショゴスが盛り上がると、そこから両腕と両足を拘束されたロビン、ピアソラが現れた。

服、装備が全て溶かされ、上半身裸だった。

「ふふ、綺麗(きれい)な身体」

「ううう……」

「みみみ、見ないでェェェ!!　そこの男二人!!　見たらブチ殺す!!」

ロビンは羞恥に苦しんでいるが、ピアソラは青筋を浮かべキレていた。だが、戦闘中であり裸なんて気にしている場合ではない。タイクーンは、ロビンとピアソラの裸なんてどうでもいいのか、ノーチェスに聞いた。

「七つの悪魔……まさか、禁忌六迷宮とは、その悪魔を封じる『檻（おり）』なのか？」

「…………本当に驚いた」

ノーチェスは、タイクーンの頭の回転の速さに、本気で感心していた。

「その通り。禁忌六迷宮は、悪魔を封じる檻。そして、私たち魔族は、その封印を守る者であり、古代の文明を魔界へ持ち帰る者。ね、知ってる？　どうして人間界と魔界が分かれているのか？」

「……それは、戦争のことか？　人間と魔族の戦争があり、人間の『能力』で大陸が割れ、人間界と魔界になった。そこに海が現れ、行き来が不可能になった……」

「ふふ、実はそれ、嘘（うそ）なのよねぇ」

「なっ……」

「真実は、カタストロフィ・セブンの五体を人間界に封じるため。魔界が独立したのは、魔族に危険が及ぶのを防ぐため。七つの災厄のうち一体は魔族が完全に滅ぼし、残り一体は魔界で安全に封印されている。でも、残り五体は人間界に封印されているのよ。いつか封印が破れても、魔界は安全なようにね」

「じゃあ、戦争というのは……」

「戦争はあった。でもね、全部魔族のお芝居なの。魔界と人間界を分ける手っ取り早い方法は、戦争に乗じて分断することだったからねぇ」

「……馬鹿な」

「でも、ちょっと失敗もあったのよ。当時は転移魔法なんてなかったから、魔界と人間界の往来がものすごく大変で……おかげで、古代の遺産を持ち帰るのに手間取ってるわぁ。最近、ようやく使えるようになってきた転移魔法も、大質量のモノは運べないし」

「ふざけるな!!　魔族は……人間を、何だと思っている!!」

「さぁ？　フフ、でも安心して？　古代の封印はそう簡単に解けないわ。私が使役してるこのショゴスも、本当のショゴスの数万分の一くらいの欠片だから。本物だったら、この大塩湖どころか、雪国全体を覆っちゃうわ。ふふ……知ってる？　あなたたちが見た住宅街は、本物のショゴスが包み込み、一瞬で凍結させちゃったの」

「そういうことか……不自然にくり抜かれた道も、住宅街の氷だけが消えていたのも全て、お前の使役しているショゴスの仕業ということか」

「正解。私も、移動のために道が必要だったからねぇ」

「くっ……きさ」「タイクーン、もういいか？」「……え？」

と、ここでサーシャが前に出た。剣を静かに、ノーチェスへ突き付ける。

「一番の美少女ちゃん。剣なんか向けてどうしたの？」

と、サーシャの背後。ショゴスが津波のようにサーシャに覆いかぶさる……だが、黄金の闘気を全開にしたサーシャの一閃で、ショゴスが消滅した。

「あらぁ～……すごいわねぇ」

「どうでもいい」

「……えぇ？」

「カタストロフィ・セブン、禁忌六迷宮の意味、魔族の目的、古代人……そんなもの、私はどうでもいい」

「さ、サーシャ？　いや、どうでもいいというのはむぐっ⁉」

レイノルドがタイクーンの口を押さえた。

「貴様、ノーチェスとか言ったな……ぐだぐだ言ってないで、ピアソラとロビンを解放しろ‼」

「あら怖い……でも、生意気な子も、好みよ？」

ノーチェスの背後で、ショゴスが触手のように伸びてユラユラ揺れた。

レイノルドが盾を構え、タイクーンはため息を吐き「もう少し話を聞きたいが仕方ない」と呟く。そして、サーシャは叫んだ。

「さぁ、行くぞ‼」

チーム『セイクリッド』、禁忌六迷宮で最後の戦いが始まった。

第五章 ▼ 八首蛇龍と暗黒粘液

ハイセ、チョコラテの前に現れた魔族、名はロシュナンテ。

ロシュナンテは口髭（くちひげ）を弄（いじ）りながら、ハイセとチョコラテを交互に見た。

「フム……長くここにいるが、まさか……人間と、カオスゴブリンの組み合わせか。全くもって、この世は面白（おもしろ）い。我輩の想像を超え――」

ズドン!! と、ハイセは迷わずデザートイーグルを発砲。紳士の肩に弾丸が命中した。

「ぬ、っぎ、ァァアアアッ⁉ なな、何ィィィ⁉」

紳士は肩を押さえ、出血部を押さえる。チョコラテは仰天していた。

『はは、ハイセ⁉ ななな、何を』

「いや、初見で『餌になってくれたまえ』なんていうヤツ、どう考えても敵だろ」

『えぇぇぇ⁉』

デザートイーグルを消し、ショットガンを構え連射する。すると紳士は右手を向け、周囲の金属を引き寄せ盾を作り弾丸を防御した。散弾では貫通しないようだ。

ハイセはロケットランチャーを具現化する。

「待て!! 待て待て!! 貴様、それは銃だな!? なぜその武器を……ええい!!」

男は、近くにあった『ジドウシャ』を盾にして逃げ出した。

『RPG―7』を発射。ジドウシャに命中し大爆発を起こす。

ハイセは、ロケットランチャーを投げ捨て再びデザートイーグルを抜いた。

「あいつ、何だろうな。金属を引き寄せた……確か、スキルだっけ。多分、『磁力操作』だな」

『こ、ここまでしておいてその疑問……え、ええと、あいつは恐らく魔族だ。褐色の肌、灰銀の髪、真紅の瞳に、頭部のツノ……間違いないぞ』

「なるほど……よし、行くぞ」

『……我はお前と敵対せずよかったと、本気で思っている』

ハイセとチョコラテは、中央広場に向かって歩き出した。

魔族を追ってテーマパークの中心地へ。そして、そこにいたのは……あまりにも巨大な『蛇』だった。

普通の蛇ではない。太い胴体に、頭が八つもある。しかも、蛇特有の滑らかな表皮ではなく、ゴツゴツした黄金の鱗に包まれていた。蛇と言うより、八つ首の龍……そう表現すべきだろう。

すると、八つ首の頭の中で、一番大きな頭の上に、肩を押さえる魔族がいた。

「許さんぞ……貴様、許さんぞ!!」

ハイセに撃たれた肩を握りしめ、血走った眼でハイセを睨む。チョコラテは『あの怒りは当然だろうな……』と呟いたが、ハイセは無視。

そのまま『RPG—7』を具現化し、魔族の男めがけて発射。

「無駄だ!!」

すると、頭の一つが弾頭を叩き落とし、地面で爆発が起きた。

ハイセはランチャーを捨てると、魔族の男が言う。

「待て!! 殺す前に聞かせたまえ……貴様、その武器をどうした?」

「それ、答える意味あるか?」

「当然!! というか、貴様は気にならんのか!? なぜこんな地下に、我のような魔族がいるのかとか、この怪物は何なのかとか!!」

「興味ない」

『ぶ、ブレなさすぎる……ハイセ、お前はとんでもない奴だな』

「ぐぬぬッ……その『銃』されあれば、我々魔族の兵器開発に光明が差すというのに……!!」

「この武器、欲しいのか? でもこれ、俺以外には使えないぞ」

アンチマテリアルライフルを具現化し、蛇の頭に向けて発射する——だが、弾丸が表皮に弾かれた。

「……これでも貫通しないのか」

「く、ハハハハッ!! 愚かなり!! この『七大災厄』の一体、『ヤマタノオロチ・ジュニア』

の外皮に、物理攻撃など効かん!!　さぁジュニアよ!!　封印されているお前の親に代わり、あいつを喰い殺せ!!」

『『『『『『『『シャガァァァァァァァァ!!』』』』』』』』

八つの頭が威嚇する。とんでもない圧力にハイセですら冷や汗を流していた。

チョコラテは、盾を構え言う。

『ハイセ、どうするのだ⁉』

「倒す、と言いたいけど……ヤバいな。ロケットランチャーとアンチマテリアルライフルが効かないとなると……」

『ま、まさか……さっきのが、お前の最強武器？』

「一応な。俺が使える武器で最強……どうする」

ハイセは冷や汗を流し、歯を食いしばった。

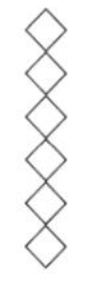

サーシャは黄金の闘気を纏い、剣を振るう。

ショゴスの触手に触れたが、闘気を纏っている間は溶かされないし触れられない。だが、タイクーンとレイノルドが今度はピンチだった。

「くっそ、このネバネバ野郎……!!」

「くっ……魔法が通りにくい!!」

「レイノルド、タイクーン……っ」

「サーシャ、こっちは気にすんな!! あの女をブッた斬れ!!」

レイノルドの大盾はすでに半分以上溶かされ、皮膚も削られ血が出ている。タイクーンは魔法で補助を行っているが、触手により何度も詠唱を中断されていた。

ピアソラ、ロビンは変わらず裸で拘束されている。ノーチェスは、ピアソラたちの傍で一歩も動かず、クスクス笑っていた。

「ほぉ〜ら、頑張れ、頑張れ♪」

「ギギギッ!! このアマァ!! このクソみたいなドロドロ消しやがれァァァ!!」

「あら悪い口。そんな子にはお仕置き〜っ♪」

「ひっぐぅ!?」

ノーチェスは、拘束しているショゴスに命じる。するとピアソラの身体が跳ねた。

「うふふ。あんまり悪い口でお喋りすると……下から入れて、お腹を破っちゃうわよ?」

「く、く……ッ、この屈辱……あなた、絶対に……!!」

ピアソラは涙を流し、頬を染めながら怒りの表情をした。ロビンは、歯を食いしばりノーチェスを睨む。今、できることは何もない。それが悔しく、歯がゆかった。

「黄金剣、はぁ、はぁ……ッ」

タイクーンは気付いた。サーシャが冷や汗を流し、肩で息をしていた。能力の酷使による疲労だと看破する。

「サーシャ!!」

「わかっている!!」

タイクーンが叫ぶが、サーシャはそう返すだけで精一杯だ。

サーシャは、闘気で身体の一部分を強化し、体力を温存する術を得ていた。そうすることで長期戦を可能としたのだが……このショゴスは、全身を闘気で覆わないと容赦なく溶かされてしまう。強制的に、全身強化しながらの戦いになる。

おかげで、体力の温存ができない。常に闘気を全開にした状態なので、体力が尽きてきた。

サーシャは、黄金の刃でショゴスを両断するが、ショゴスはすぐに復活。

タイクーンが気付いた。

「そうか、こいつ……常に分裂し、増えているのか!?」

「正解～!!　放っておけば無限に増殖するから、私の『スキル』で分裂はある程度で抑えているけどねぇ」

「くそ……おいタイクーン、策はねぇのかよ!?」

タイクーンは黙り込み、サーシャを見た。サーシャは、それだけで察した。

そして、タイクーンはピアソラを見る。

「こ、こっちを見るなって、言ったでしょう……」

熱い視線だ。裸を凝視しているのではない。それ以外の何か。そして、ピアソラは察した。

「……………」

ほんのわずかに、ピアソラは頷いた。そのことに気付かず、ノーチェスは笑う。

「ほらほら頑張って～♪　あははっ、力尽きたらオモチャにしてあげる。そっちのイケメンたちも一緒に遊んであげるわぁ～♪」

戦いは、最終局面に入った。

◆◆◆◆◆

ハイセは、逃げていた。

チョコラテは盾を構え、ヤマタノオロチが放つ『牙』を何とか防御する。

『ぐっ……ハイセ、盾がもたない……ッ!!』

「クソッ!!」

ヤマタノオロチは口を開け、生えている『牙』を飛ばしてきた。

毒の牙――触れたらあっという間に溶解して死ぬだろう。チョコラテの盾もボロボロだ。

ハイセはガトリングを連射するが、弾丸が全て弾かれてしまう。

「ハーっハッハッハァ!!　手も足も出ないではないか!!　さぁさぁジュニアよ、牙だけではつまらんだろう?　薙ぎ払え!!」

首の一本が迫って来る。直接的な攻撃に変わってきた。

ハイセはロケットランチャーを具現化するが——間に合わない。

『ハイセ!!』

チョコラテが、ハイセを抱えて思い切り飛んだ。

が、ヤマタノオロチの頭に弾かれ鎧が砕け、百メートル以上吹き飛ばされ、民家に激突した。

「く、はぁっはっは!!　雑魚め、雑魚め!!　まだまだ、まだまだだ!!　さぁさぁ来たまえ!!　無謀な挑戦をし続けろ!!　この腕の痛み、思い知るがいい!!」

魔族の男は興奮している。民家に激突したハイセとチョコラテは、大量のぬいぐるみがクッションになったおかげで死を免れた……幸運、それが二人を救った。

「つぐ……ぁ」

『う、つぐ……つぐは』

チョコラテが吐血。脇腹から出血し、内臓にもダメージがあるようだ。

ハイセも、右腕と右足に激痛が走った。折れてはいないが、酷い打撲のようだ。

「おい、しっかりしろ……!!」

『つぐ、か、カオスゴブリンの回復力を、舐めるな……死ななければ、この、程度……』

だが、立ち上がれない。チョコラテは、ハイセを守って負傷した。

ハイセも腕と足を怪我。まともに動けないし、武器も扱えない。敵は魔族。そして、ダンジョンボスの『ヤマタノオロチ・ジュニア』だ。状況は最悪になっていた。

ハイセは、深呼吸……そして、チョコラテに言う。

「……お前、死ぬ覚悟あるか？」

『……え？』

「死ぬ覚悟だ」

『……ある。この命、お前と共に』

「……男の、しかも魔獣のゴブリンから聞きたいセリフじゃないな」

ハイセは苦笑した。そして、表情を引き締める。

「命を懸ける」

ハイセは、切り札を使う覚悟を決めた。

「さぁどうした!!　出て来い!!」

魔族の男が叫ぶ。すると、ボロボロのハイセがゆっくりと現れた。

魔族の男はニヤニヤ笑い、ハイセに向かって手を伸ばす。

「少年。貴様を殺す前に、聞きたいことがある……その『銃』はどうした？」

「……俺の『能力』だ」

「能力。ククク、『スキル』のことか？　ああ、そういうことか。だったら、取引だ……命は助けてやるから、魔界に来い。そして、その銃を研究させろ」

「………」

「魔族は強き『力』を欲している。七大災厄に備えるために、そして人間が魔族に牙を剝いた時のために。少年……魔界に来い。いくら調べても、その『銃』だけは理解できない。過去の人間が作り出した技術というのはわかるが……その図面も、制作過程も失われているのだ」

「………」

ハイセは無言だった。そして……小さく笑った。

それが、魔族の男の癇に障ったのか、ハイセを睨む。

「お前に質問がある」

「……？」

「禁忌六迷宮……五つは、人間界にあるんだな？」

「そんなことか……」

禁忌六迷宮とは、この世界に存在する、六つある踏破不可能とされたダンジョン。

地底に広がる大迷宮『デルマドローム大迷宮』。

独自の生態系が形成される湖、『ディロロマンズ大塩湖』。

謎の磁場により感覚が狂わせられる、『狂乱磁空大森林』。

過去に一度だけ現れた空飛ぶ城、『ドレナ・ド・スタールの空中城』。

魔界にある謎の山脈、『ネクロファンタジア・マウンテン』。

そして、存在すら定かではない、伝承に存在する『神の箱庭』。

「魔界にあるのは、ネクロファンタジア・マウンテン。つまり……それ以外の五つは、人間界にある」

狂乱磁空大森林、ドレナ・ド・スタールの空中城、そして神の箱庭は、人間界に確実に存在する。それを聞いて、ハイセは、笑っていた。

最強へ通じる道が、見えてきたのだ。

「ありがとよ。お前が俺に嘘つく理由はないから、信じられる。あと三つ……そして、魔界にある最後の一つ。俺が必ず攻略してやる」

「貴様は馬鹿なのか？　教えてやる。貴様ら人間が『禁忌六迷宮』と呼ぶダンジョンは、『七大厄災』という古代を滅ぼした怪物を封印する檻なのだよ」

「関係ない。くはっ……ああ、やる気出てきた」

ハイセは、笑っていた。魔族は、ハイセの笑いがどうにも癇に障る。

「何を目指しているのか知らんが、そんなものに意味はないぞ？」

「ある」

「……何？」

「禁忌六迷宮をクリアするのは、俺にとって『最強』へ続く道。俺が歩んだ道の先で、あいつを待つんだ」

「……意味がわからん」

ハイセは、右腕を掲げた。

「俺は約束した。あいつと……サーシャと。禁忌六迷宮をクリアした冒険者として、また会うって」

◇◇◇◇◇

ついに、サーシャの闘気が消えた。息も絶え絶えに、剣を支えにして真っ青な顔をノーチェスへ向ける。

「あらあらあらぁ……限界ねぇ？」

「はっ、はっ、はっ……」

「ふふ、もう諦めたら？　そっちの男の子たちと一緒に、可愛がってあげるわぁ～」

「お断り、だな……」

サーシャは、震える手で剣を向ける。レイノルド、タイクーンもまだ諦めていない。

ピアソラは、ブツブツ何かを呟きノーチェスを睨み、ロビンもノーチェスを睨んでいる。

ノーチェスは、苦笑していた。

「ね、もう諦めなさい？　どうあがいてもあなたたちは勝てないの。この状況、もうどうしようもないの」

「違う……」

「違わないわ。もう、終わったの」

「終わっていない。私は……示さなきゃいけない」

サーシャは、呼吸を整え、剣を掲げた。

「私は約束したんだ。最高のチームで、禁忌六迷宮を攻略すると!!　あいつが『最強』を目指して戦っているように、私は『最高』を目指して先に進む!!　あいつに負けない、私が先に進んで、あいつを待つんだ!!」

ノーチェスは首を傾げた。サーシャが何を言っているのか理解できないのだろう。

だが、サーシャには関係ない。

「私は……」

「俺は……」

「「S級冒険者として、この道を進む!!」」

どこかで、サーシャの声が聞こえた気がした。

ハイセは、掲げた手を強く握りしめ、思い切り開いた。

「これが俺の切り札だ」

ハイセが右手を思い切り振り下ろすと同時に、チョコラテが現れてハイセを担ぎ、思い切り駆け出した。魔族の男は笑う。

「ハハッ!!　切り札？　逃げるのが切り札とは!!　もういい、ヤマタノオロチ・ジュニアよ!!　あのガキを殺──」

すると、魔族の男の頭上に何かが現れた。

「へ？」

それは、鉄の塊。巨大な、全長5メートルほどの『鉄の筒』だ。

地中貫通爆弾（バンカーバスター）GBU─28。

ハイセの切り札にして、能力『武器マスター』が真に覚醒し使えるようになった、武器を超えた兵器。

ハイセの使える『武器』で最強なのは、ロケットランチャーとアンチマテリアルライフルだ。

だが……最強の『威力』を持つ『兵器』は、このバンカーバスターである。

スタンピード戦を経験し、ヒジリとサーシャの戦いを見せられ触発されたことで、ハイセの心も成長した。この『兵器』は、能力が成長したハイセの切り札の一つ。

『武器マスター』が生み出した七つの切り札。ハイセは『超越七大兵器』と命名した。

「──……なっ」

魔族の男は、何を思っただろうか。

落下する『鉄の筒』が魔族の男を押し潰し、ヤマタノオロチ・ジュニアの身体を貫通し、地面に触れた瞬間──恐ろしい閃光、衝撃、爆音、爆風が巻き起こる。

『ぬぅぅぅガァァァ‼』

「──っ‼」

耳を押さえ、チョコラテの盾で守り、アイテムボックスに入れておいた大量の魔獣の死骸を盾にして、頑丈そうな建物の傍で、ハイセとチョコラテは身を守っていた。

が、建物が吹き飛び、魔獣の死骸が吹き飛び、ハイセとチョコラテも吹き飛ばされた。

『お前、だけはァァァ‼』

チョコラテが、魔獣の死骸を手繰り寄せ、ハイセを掴(つか)んだ。

「――……っ」

ハイセは、そのまま気を失った。

「今こそ、私に力を‼」

サーシャが剣を掲げると同時に、防御を放棄したタイクーンが魔法を放つ。

「『超強化』‼　つぐ、ぁ……ッ⁉」

「おぉぉぉォォォォッ‼」

触手がタイクーンを攻撃し、吹き飛ばされる。

レイノルドも、全てを受けきれず吹き飛ばされた。だが、吹き飛ばされる直前に使用した、タイクーンが使える最強の支援魔法がサーシャを包む。

「これは、マズいわねぇ」

ノーチェスがショゴスに命令しようとした瞬間。

「――ップ‼」

「っ⁉」

ロビンが、自らの歯を噛（か）み砕（くだ）き、『必中（フェイルノート）』の力を使用し口から飛ばす。

折れた歯が刃のように鋭く、ノーチェスの眼に突き刺さった。

「ッッつぅ⁉　この……」

「ピアソラ‼」

「我は祈る、汝のために――『聖女の奇跡（メシアライザー）』‼」

ロビンが叫ぶと、ピアソラ最高の回復術がサーシャを癒（いや）す。

怪我、病気だけじゃない。体力、気力をも回復する奇跡。一度使うと三十日は使えない、切り札であった。

ベストコンディションへと回復したサーシャから、黄金の闘気があふれ出す。

超強化により、全ての身体能力が十倍に。身体にかかる負担は聖女の奇跡によって打ち消される。つまり、ノーリスクで最強のさらに上へ立った瞬間だった。

「黄金剣、奥義‼」

サーシャが剣を掲げ、闘気を全開にした。

そして、ノーチェスと、ショゴスに向けて剣を振る。

「『黄金神話聖剣（エクスカリヴァー）』‼」

黄金の闘気が周囲を包み込み、ショゴスとノーチェスを包み込む。

「――う、そ、オオオオオッ⁉」

ノーチェス、ショゴスだけを消滅させ、ピアソラとロビンはショゴスから解放された。

崩れ落ちる二人を、レイノルドとタイクーンが支える。

「おい、大丈夫か⁉」

「ええ……っく、あなたに助けられるなんて」

「そう言うなっての。おっ、いい眺め」

「～～～っ‼　この変態‼　見るなァァァァ‼」

裸のピアソラを見るレイノルドだが、すぐにアイテムボックスから毛布を出してかぶせた。

「無事か？」

「うん……あいてて、奥歯折れちゃった」

「ピアソラに治してもらえ。っと……すまないな」

「あ……」

ロビンは恥ずかしそうに胸を隠す。タイクーンは毛布を出し、ロビンにそっとかけた。

「ありがと……」

「気にするな。とりあえず、これで終わったようだな」

「うん」

「サーシャ、二人は無事だ。キミは……」

タイクーンが声をかけた瞬間、補助魔法が解けたサーシャは崩れ落ちた。

第六章 禁忌六迷宮の崩壊

「…………ぅ」

『起きたか、ハイセ』

「…………お前」

ハイセが目覚めると、民家のベッドの上だった。

だが、ボロボロの民家だ。壁が崩れ、戸棚やテーブルが倒れ、窓のガラスが散乱している。

身体を起こすと激痛がした。

「っづ……いてて」

『無茶をするな。全身打撲だぞ……骨は折れていないようだが』

「……お前は？」

『我も似たようなものだ。だが、我は人間ではない。というか、すでに完治した』

チョコラテが「むん」と力こぶを見せた。

鎧（よろい）は砕け、兜（かぶと）も砕け、盾も砕け散ったチョコラテ。今は出会った時と同じ腰布だけの姿だ。

だが、部屋の隅に黒い鎧と剣が置いてあるのが見えた。

「鎧……新しいのか？」

『む？　ああ、あれか。あれは我が作ったのだ。起きれるか？　外を見ろ』

身体を起こして外を見ると……すごい光景だった。

爆心地、と言えばいいのか。乗り物が徹底的に破壊され、『カンランシャ』の残骸があちこちに飛び散っている。無事な建物が僅かしか残っておらず、悲惨な場所になっていた。

そして、目に付いたのは……黄金の生首だった。

『確か、ヤマタノオロチ・ジュニアだったか。あの生首が六つ転がっていてな。あいつの鱗を加工して鎧兜を作った。鱗を火入れしたら真っ黒に変色してな。だが、前に使っていた鎧兜よりも、強度が高い』

「へえ……」

ハイセは、五つの生首をアイテムボックスに収納する。周囲を見渡すが、魔族の男はいない。

『あの男、何だったのだろうな。ハイセに興味があったようだが……』

「消し飛んじまったし、どうでもいい」

『そうだな。で、これからどうする？』

「酷い有様だけど、この辺りを調べてみるか……というか、ダンジョンボスを倒したのに、ダンジョンが崩壊しない。まぁ、してたら俺たちは死んでるけどな……禁忌六迷宮だし、他とは違う何かがあるのか？」

『それなら、あの魔族の男がいた場所の奥に、地下へ通じる道があった。離れた場所にあったせいか、あの鉄の破壊神の脅威には晒(さら)されなかったようだ』

「鉄の破壊神って……バンカーバスターな。バンカーバスター」

『鉄の破壊神、バンカーバスター……覚えておこう』

「……ああ、うん」

ハイセは、訂正するのが面倒なのでそのままにした。

「ってか、お前……よくそんなこと知ってるな。地下への道とか」

『お前が気を失い三日が経過したからな。ある程度の調査はした』

「三日⁉　う……そういや喉(のど)渇いた。腹も……」

まずすべきことは、腹ごしらえだった。

「……う」
「サーシャ‼」
「うわっ⁉」
サーシャが目を覚ますと、顔を覗(のぞ)き込んでいたピアソラが抱きついてきた。

「ああ、よかったぁ……」

「ピアソラ……お前も無事で。というか、今何をしようとしていた？」

「もちろん、目覚めのキスを」

　全く悪びれないのがピアソラらしく、サーシャはピアソラから離れる。

　レイノルド、タイクーン、ロビンも無事のようだ。サーシャは、まだ重い身体を起こし、タイクーンへ聞く。

「状況は？」

「戦闘開始から丸一日が経過。魔族、ショゴス共に消滅。ここは戦闘地から先にあった倉庫のような場所で、ここを拠点に周囲の調査をしている。ボクたちの負傷もピアソラが治してくれたよ」

「そうか……」

「サーシャ、身体の調子はどうだ？」

　レイノルドが覗き込む。サーシャは頷（うなず）いた。

「問題ない。やはり、タイクーンの超強化と、ピアソラの超回復を合わせた『切り札』は強力だ。タイクーン……あの場で、よく私の意図を感じてくれた。ピアソラも」

「当然だ。あの魔獣、ショゴスはサーシャの『闘気』でしか屠（ほふ）れないからな。ボクとピアソラの全魔力を使う『超強化』と『超回復』……外したら、終わりだったな」

「私は、タイクーンが下心のある目で、私の裸を凝視してきたのかと思いましたわ」

「あの状況でそんな意図があるわけないだろう。それに、ボクはキミの身体に微塵も興味がない。裸だろうと、分厚く着込んでいようとね」

「アァァアン⁉　ンだとテメェ⁉」

「そういう裏表のある性格は直した方がいい」

「キィィイエエエ‼　殺す‼　テメェ殺す‼」

「待て待て落ち着けって。タイクーンも煽るな‼」

「事実を言っただけだ」

「レイノルド‼　あなたも私の裸を凝視してたこと、忘れませんからねェェエエエエ‼」

「オレは眼福だと思ったぜ？　はっはっは」

「ギギギッ‼　男ってやっぱり嫌い‼　ロビン、あなたもでしょ⁉」

「ま、まぁあの状況じゃ仕方ないって。そりゃ恥ずかしいけど……」

全員、いつも通りだった。サーシャはそれが嬉しく、ほっとする。

すると、ロビンがカップを手渡してきた。

「お茶、飲もう」

「ああ」

「みんな疲れてるし……少し休んでも、いいよね」

「そうだな。理由は不明だが、ダンジョンボスを討伐したのにダンジョンが崩壊しない。ノーチェスが言ったことが真実なら、やはりここはダンジョンではなく、『七大災厄(カタストロフィ・セブン)』を閉じ込めるための檻(おり)だからか……」

「クックック……本当に最高の『宝』を見つけた。禁忌六迷宮の存在意義、『七大災厄』、そして魔族……ああ、頭の中の情報を整理したい!! 財宝よりも素晴らしい財宝を、ボクは手に入れてしまった!!」

「おいタイクーン、うっせぇぞ」

「倉庫から蹴(け)り出してしまいなさい。頭に響きますわ」

この日、サーシャたちはのんびり休憩し、翌日からの調査を再開するのだった。

チョコラテの案内で、魔族の男と戦った場所よりさらに先へ。そこには、巨大な地下への入口があった。あのバンカーバスターによる大爆発(ばくはつ)でも、階段には亀裂の一つもない。

階段を下りると、鉄の扉があった。

扉は簡単に開く。ハイセが近づくと自動で開いたのだ。中には……『光る鉄の箱』や、妙な配線が多くあり、ゴウンゴウンと音もした。

「なんだ、ここ……」

『そういえば……あの魔族の男、封印がどうとか言ってなかったか？』

「……覚えてない」

『む、見ろハイセ。あの扉……』

巨大な扉があった。これまでの扉とは、規模も形状も桁違い。技術が違うが、ハイセにもチョコラテにも感じた。これは、触れてはならないと。

「……ここはやめておくか」

『あ、ああ。我も直感で理解した……これは触れてはならない』

「お、見ろ。あっちに部屋がある」

扉に近づくと自動で開いた。中にはベッド、テーブルなどがあり、休憩所のようだ。

休憩所の奥に、さらに扉があった。扉を開けると、大きな鉄の扉がある。そこには『特殊素材』と書かれている。

「金庫かな……開けてみるか」

『開けられるのか？』

「鍵付きみたいだ。残ね……あれ？」

金庫の扉が開いていた。中には、ガラスケースに入った虹色に輝く宝玉があった。

ハイセは、それを手に取ってみる。

「見たことない宝石だ。お宝かも……まぁ、こいつがダンジョンの財宝ってことにしておく」

アイテムボックスに入れておく。すると、チョコラテが言う。

『ハイセ。この奥、さらに扉があるぞ』

「本当だ……ここの扉、ずいぶんと頑丈そうだ。鍵は開いてるか？」

『どれ……ふんっ‼』

大きな金属製のドアをチョコラテが開けると、中は『金属の箱』や『ボタンの付いた箱』が大量にある。そして『ガラスの箱』がいくつも壁に埋め込まれていた。

『なんだ、この部屋は。妙な仕掛けでも施されているのか？』

「おい、不用意に触るなよ」

ハイセがそう言ったのも束の間……チョコラテがテーブルに並んでいた『ボタンがたくさん付いている板』の『Ｅｎｔｅｒ』と書かれたボタンを押した。すると、部屋に警報音が鳴り響いた。

「な、なんだ⁉」

『わ、我のせいか⁉　す、すまんハイセ‼』

「へ、部屋を出るぞ‼」

部屋を出ると、誰（だれ）かが叫んでいた。

『最終安全装置起動。最終安全装置起動。これより、ヤマタノオロチの最終凍結封印を開始。

凍結封印後後、ヤマタノオロチは地下封印シェルターにて永久凍結封印。その後、この施設は破棄されます。作業員は直ちに脱出してください。地上行きトランスポートが解放されます』

そして、ハイセたちのいる近くの床が開き、ガラスの筒のようなものが現れた。

「な、なんだ、あれ……」

『凍結中。凍結中。凍結中』

『は、ハイセ……さ、寒いぞ』

「と、凍結中……って、凍らせてるのか⁉」

『作業員は直ちに脱出をお願いします。作業員は直ちに脱出をお願いします』

「ええい、チョコラテ、あの筒に行くぞ‼」

『え……』

「よくわからんけど、ここはヤバい‼」

『わ、わかった‼』

ハイセとチョコラテが筒に飛び込んだ瞬間、一瞬の浮遊感がハイセを襲い、目の前が光に包まれた。

「ここは……」

サーシャたちが向かったのは、ノーチェスと戦ったさらに奥。そこは階段になっており、金属に囲まれた広い部屋だった。そこに、巨大な円形の扉があり、周囲が凍り付いている。

「凍っていますわね……」

「ね、ね……ここが、財宝のあるところ？」

「……素晴らしい」

「お、おいタイクーン……おま、泣いてんのか？」

タイクーンはハンカチで目元を拭う。どうやら感動しているようだ。サーシャたちは、こういう時にタイクーンに話しかけると、延々と話し続けることを知っていたので無視。

近くに小部屋を見つけたので、中へ。

「ここは、休憩所か……」

「けっこう広いな。倉庫じゃなくて、こっちで休めばよかったぜ」

「こ、ここは……見ろ、この箱、このガラスの箱に文字が書かれている!!　いや、ガラスに文字を映しているのか⁉　の、能力を箱に封じてあるのか⁉　す、素晴らしい……」

「サーシャ、やかましいからタイクーンを気絶させません？」

「ま、まぁ待て。タイクーン……ここが、ダンジョンの終わりなのか？」

タイクーンは涙を拭い、コホンと咳払(せきばら)いする。

「あの魔族、ノーチェスの話から推察するに、ここは『ショゴス・ノワールウーズ』の本体が封じられている場所だろう。あの扉を開けると、本体が飛び出し、ボクたちだけじゃなく、禁忌六迷宮全体、そして極寒の国フリズドをも覆うだろう」

「えぇぇ⁉　や、やばいよぉ～」

「封印を解放したら、の話だ。見ろ……あの中で、完全に凍り付いているようだ」

「で、財宝は？　ここまで来て、本当に何もありませんの？」

ピアソラがムスッとする。タイクーンは眼鏡をクイッと上げた。

「恐らく、何もない。本当に禁忌六迷宮は、『七大災厄』を封印するための檻だな」

「そ、そんな……」

「だが、道中で回収したダンジョンの魔獣素材などは高額で売れるだろう。それだけでも、クランを数年維持するだけの資金にはなるはずだ」

「ううう……目に見える成果が欲しいですわ」

「おーい、お前ら‼　こっち見てみろよ‼」

と、レイノルドが手招き。部屋にあった小さなドアを開けると、分厚い金属の扉があった。その扉を開けると……なんと、中から虹色に輝く宝玉が、大量に出てきたのである。

「これ、見たことない宝石だぜ。お宝じゃね？」

「レイノルド‼　私、初めてあなたを見直しましたわ‼」

「うぉぉっ⁉」

なんと、ピアソラがレイノルドの腕に抱きつき、宝石を手に取った。

宝石を眺めるピアソラは、うっとりする。

「キレイ……これは、私とサーシャの婚約指輪に相応しい輝きですわね」

「おま、離れろっての。サービスしすぎだ」

「フン、お礼のつもりですから、勘違いしないように」

ピアソラはレイノルドからあっさり離れた。宝石を全て回収し、ピアソラのアイテムボックスへ入れる。そして、レイノルドはタイクーンに聞いた。

「なあ、ここからどうすんだ？　ダンジョンはボスを討伐すると崩壊するってのが常識だけどよ……あの女曰く、ここは『檻』なんだろ？　どうやって踏破するんだ？　ってか……すげえ今更だけど、オレらどうやって地上に帰るんだよ……」

「わかっているが……正直、未知の部分が多い場所だ。ボクにもよくわからない。サーシャ、どうする？」

「むぅ……」

サーシャが悩んでいると、部屋を物色していたロビンが気付いた。

「あれ？　ね、サーシャ、こっちにも扉があるよ。レイノルド、開けて開けて」

レイノルドに鉄扉を開けてもらうと、そこには大量の『金属の箱』がある部屋だった。

ロビンは中に入る。タイクーンが「不用意に触れるなよ」と言うが、ロビンはテーブルに置いてあった『ボタンだらけの板』を眺めていた。

「綺麗な箱……それに、この四角いのいっぱい付いた板、なんだろ？　文字も書いてあるし、古代人って変なのばかり作ってたんだねぇ」

と、『Ｅｎｔｅｒ』を押した。同時に、警報音が鳴り響く。

「な、なんだ⁉」

「ロビン、何をした⁉」

「え、え、え？　えっと、この四角いの、触っただけで……」

『最終安全装置起動。最終安全装置起動』

「最終、あんぜん、装置……まさか‼」

タイクーンが外に出ると、扉から冷気が発生していた。

「まさか、凍結……ショゴスを再び凍らせているのか⁉」

『凍結中。凍結中。凍結中』

すると、地面から『透明な筒』が現れた。

「へ、部屋が……誰かが喋っていますわ‼」

『作業員は直ちに脱出をお願いします。作業員は直ちに脱出をお願いします』

「脱出……そうか‼　サーシャ、みんな‼　ここは破棄される‼」

「ど、どういうことだよ⁉」

「恐らく……いや、間違いない‼　ショゴスを封印するための最終的な処置が行われているんだ‼　その後、この施設は破棄される。ここは檻……そして、七つの災厄が誰の手にも触れられないようにするための処置をする場所でもあったんだ‼　このタイミングで起動した『何か』……みんな、あの透明な筒に飛び込め‼」

「だ、大丈夫なのかよ⁉」

「わからん‼　だが、地上に出る道はない。徒歩では戻れない‼　この施設が破棄されるなら、古代人は脱出経路も用意したはずだ‼」

「す、推測にすぎませんわ‼」

「だがそれしかない‼」

「全員、行くぞ‼」

　サーシャが走り出す。ロビンが続き、頭をガシガシ掻いてレイノルドが、やけくそになったピアソラが。そして、凍結する扉を見つめ、タイクーンが呟く。

「古代人……恐らく、封じたはいいが、最後の起動ができないままだったんだ……」

　そう呟き、透明な筒に飛び込んだ。

「ぅ……」

『む……』

ハイセ、チョコラテの二人が目を開けると……そこは、観光案内で来た遺跡を眺めることができる高台だった。

筒の中に入ると、眩い輝きと浮遊感に包まれた。そして、十秒しないうちに高台の上。

意味がわからず、ハイセは周囲を見る。すると、そこにあったのは――……。

「な、なんだ、これ……」

『おぉぉ……』

デルマドロームの大迷宮。地上にあった遺跡が陥没し、底の見えない『大穴』になっていた。

迷宮の消滅。つまり……ダンジョンのクリアである。

「……終わった、のか？」

『…………』

「おい、どうした？」

『いや……』

チョコラテは、デルマドロームの大迷宮跡地を見て、目を閉じていた。

大迷宮で生まれ、これまで生きてきたのだ。あのダンジョンはチョコラテの故郷でもある。

それが、目の前で消えた。

「……もう二度と行けないだろうな。それに、ヤマタノオロチだっけ？　あいつも凍結して、地の底だ」

『ああ』

ハイセは、久しぶりに戻った地上の空気を胸いっぱい吸う。そして、チョコラテに聞いた。

「お前、これからどうする？」

『……我は、決めていたことがある』

「俺に付いてくる、ってのは却下だぞ」

『違う。我は……旅に出たい。ダンジョンから出て、外の世界を見てみたい。お前と過ごすうちに、そう思うようになった』

チョコラテは、兜を脱ぐ。素顔を晒し、ハイセに跪いた。

『ハイセ。お前に出会い、我は世界を知ることができた。感謝する』

「バカ。知るのはこれからだろ……ほれ、餞別だ」

ハイセは金貨袋を取り出し、チョコラテに渡す。

『金、だったか』

「使い方はわかるか？」

『ああ』

兜をかぶり、剣を差し、盾を背負い、槍(やり)を背負う。肌の露出が一切(いっさい)ない。誰も、チョコラテがゴブリンとは思わないだろう。旅の冒険者。または、傭兵に見えなくもない。

『さらばだハイセ。また会おう』

「ああ。またな」

チョコラテは、歩き出す。その背を見送り、ハイセも歩き出した。

チョコラテがどんな冒険をして、どんな出会いをするのか。それはチョコラテの物語であり、ハイセには関係がない。

ハイセは振り返ることなく、町へ向かった。


町に戻る途中、大勢の冒険者とすれ違った。当然だ。デルマドロームの大迷宮が崩落……つまり、クリアされたのだ。

歴史に名が残る快挙だ。一体誰が？　……その疑問は、ハイセがディザーラの冒険者ギルドに戻った時、解決した。

「は……ハイセ⁉　まさか、おま……お前、なのか？」

ギルドマスターのシャンテが、信じられないものを見るような目でハイセを見た。

ハイセは頷き、言う。

「S級冒険者『闇の化身（ダークストーカー）』ハイセ。デルマドロームの大迷宮を踏破した」

「…………っ」

シャンテは、フラフラと後退（あとずさ）り、カウンターに手を付いた。そのシャンテを押しのけ、『巌窟王』のクランマスターであるバルガンが前に出る。

「やったのか」

「ああ。っと……証拠は、これと」

ポケットから、虹色の宝玉を出す。そして、アイテムボックスから『ヤマタノオロチ・ジュニア』の首をドンと出した。

ギルドの受付前のスペースが埋まるほど大きな生首に、冒険者たちが驚き、後退り、恐怖し、興味津々といった感じでハイセを見る。

「ダンジョンボスだ。こいつを倒したらダンジョンが消滅した」

厳密には違うが、説明が面倒なので、そういうことにしておいた。

「……先程、デルマドロームの大迷宮が崩落したと連絡があった。お前がやったんだな？」

「ああ。踏破した」

「……すまん。まだ現実を受け入れられなくてな。シャンテ」

「あ、ああ……で、こ、これは？　う、売るのか？」

「ああ。あと四つあるから、一つはギルドに寄付するよ」

「きふ……き、寄付?」

「ああ。デルマドロームの大迷宮が崩落した迷惑料だ。あそこ、観光地みたいだしな」

「………そ、そうか」

反応がぎこちない。まだ、禁忌六迷宮が攻略され、踏破されたことを受け入れられないようだ。

ハイセは大きく伸びをして、シャンテに言う。

「じゃ、今日は帰るよ。さすがにくたびれた」

「……あ、ああ」

シャンテは驚きより、困惑のが強いようだ。

ハイセは冒険者ギルドを出た。そして、迷宮に入る前に使っていた宿へ向かう。

すると────……宿の前に、人がいた。

「……あれ、お前」

「………」

エルフの少女だった。弓を背負い、砂漠の国なのに肌が真っ白。誰が見ても美少女と言うであろう容姿。

プレセアだ。ハイセが最後に会った時よりも、髪が伸びていた。

プレセアは、ハイセを見るなりスタスタと近づいてくる。

「お前、なんでこの国――っぶぁ!?」

そして、思いきりビンタした。いきなりのことで反応できなかった。

「サーシャに変な依頼をして、私を気絶させた分はこれでチャラにするわ」

「お、おま……な、なにしやが」

そして、ハイセが文句を言う前に……プレセアはポロポロ涙を流し、ハイセに抱きついた。

「死んだかと、思った……」

「………」

「バカ、バカ……あなた、馬鹿(ばか)よ」

「……離せ。目立つだろうが」

「……部屋、行く?」

「ああ。眠い」

プレセアから離れ、ハイセは宿へ。自分の部屋を取ると、そのままプレセアが来る前に入り鍵をかけた。

「……ちょっと」

「悪いな。眠いから寝るわ。ベッドなんて久しぶりなんだよ」

「私も一緒でいいわ」

「嫌だ。入ってきたら気絶させるからな。じゃ、おやすみ」

「……ばか」

プレセアは隣の部屋へ入ったようだ。ハイセはベッドに寝転がり、小さく呟いた。

「心配してくれて、ありがとな……おやすみ」

この日、ハイセはぐっすりと……半年ぶりに、熟睡した。

第七章　英雄冒険者たちの凱旋

ディロロマンズ大塩湖、崩落。

湖が消え、巨大な『穴』となり数日……極寒の国フリズドの宿屋で、サーシャは新聞を読んでいた。その見出しには、『冒険者サーシャ、禁忌六迷宮攻略!!』とある。

ディロロマンズ大塩湖が崩落する前、サーシャたちは大塩湖の近くにいた。

筒に入ると浮遊感があり、なぜか地上に戻っていたのだ。そして、その足で冒険者ギルドまで戻り、踏破を報告。冒険者たちがディロロマンズ大塩湖が崩落したことを確認し、サーシャが踏破の証として虹色の宝玉を見せ、踏破が認められた。

サーシャたちが踏破して数日。疲労を癒すために宿屋に留まっていたが、数多くの貴族や冒険者たちが挨拶に来て、サーシャは対応に追われ、ようやく一段落した。

そして、新聞を読んでいたサーシャは言う。

「疲れた……」

「大変だろうが我慢してくれ。なんせ、禁忌六迷宮の一つが攻略されたんだ。歴史的快挙だぞ。フリズド王国貴族たち、クランマスターたちが、サーシャと繋がりを持つためにやってくる」

タイクーンが得意げに言う。現に、クラン加入の申請が、この数日で百件以上あった。サーシャたちがこの宿屋にいるとわかるなり、宿屋の受付に加入希望者が殺到したのである。

ロビンは、つまらなそうに言う。

「ね、ね。いつハイベルグ王国に帰れるの？」

「素材の換金が終わってからだろ。あの虹色の宝玉は一個だけ売りに出したけど、この町のドワーフが見て腰抜かしてたぞ。なんでも、古文書に存在が記されている伝説の石、『虹色奇跡石（セブンスターライト）』とか言ってる」

「わお、すっごい」

「オレの盾、壊れちまったし、それで新しく作るのもアリだな。サーシャの剣もだろ？」

「ああ。無理が祟（たた）ったせいか、折れてしまった……」

「ハイベルグ王国で打ち直せばいい。金はたんまり入ってくるからな」

レイノルドがサーシャの隣に座り、ニカッと笑う。タイクーンが言う。

「サーシャ、つい先程聞いた話だが……どうやら、ハイベルグ王国でボクらの凱旋パレードが開かれるらしい。やれやれ、本当に英雄扱いだ」

「パレード？」

「ああ。禁忌六迷宮の一つをクリアした英雄チームとしてね。四大クランの頂点に立つ、今代最高の冒険者チームとも言われているらしい」

「大袈裟だな……」

「大袈裟じゃありませんわ!! フフフ……ね、サーシャ、覚えてる? 私のお願い、聞いてくれるって話」

「あ、ああ」

「全員で決めましたの。私たちはサーシャにお願いを聞いてもらう。そして、サーシャは私たちに何か好きなお願いをする、って」

「私が……みんなに?」

「ええ。何でも構いませんわ。その前に……私たちのお願い、ちゃんと聞いてくださいね?」

ピアソラが笑う。何にせよ、サーシャたちがハイベルグ王国に帰れるのは、もう少し先の話になりそうだ。

一日たっぷり寝たハイセは、冒険者ギルドにやってきた。
シャンテが出迎え、ギルマス部屋で話をする。
「一日経って、ようやく受け入れられた。ハイセ……禁忌六迷宮の攻略、おめでとう」
「どうも。とりあえず、ダンジョンはクリアしたし、俺の目的は達成された。冒険者ギルドも、俺が迷宮をクリアしたってこと、認めてくれるんだよな？」

「ああ。冒険者ギルドだけじゃない。昨日のうちに、『巌窟王』もハイセが攻略したことを認めた。ディザーラ王国にも報告したから、お前の名は歴史に残るだろう」

「そっか。じゃあ、あとはあんたに任せるよ」

「…………は？」

ハイセは立ち上がる。そして、そのまま部屋を出ようとして、シャンテに止められた。

「ま、待て。ど、どこへ行く？」

「帰る。用事はもう済んだしな」

「かか、帰るって……おいおいおい、ディザーラ王国への報告や謁見は……」

「俺、そういうのパス。国のためにクリアしたわけじゃないし、ヤマタノオロチの生首一つで勘弁して」

「……はぁぁぁ。お前というヤツは」

「じゃ、いろいろありがとう。また来るよ。ああ、バルガンさんに伝えておいてくれ……盛大に祝うのは今度会った時に、って」

ハイセは部屋を出た。ギルドに戻ると、冒険者たちが大勢で噂していた。

「S級冒険者がソロでデルマドロームの大迷宮をクリアしたってよ‼」

「それマジか？　さすがにホラだろ」

「いやいや、昨日ここにすっげぇ生首あったんだよ」

「それ、ダンジョンボスって話らしいぜ」

昨日の今日で、ハイセの顔を知らない冒険者も多い。騒がれるのは面倒なので、ハイセは冒険者ギルドを出る……すると、プレセアがいた。

「……どこ行くの?」

「ハイベルグ王国に帰る」

「昨日の今日で?」

「ああ」

「私、これから依頼なんだけど」

「そうかい。頑張れよー」

「……速攻で終わらせるから、待ってて」

そう言い、プレセアはすごい速度で走り去った。どうやら、ハイセと一緒に帰りたいようだ……が、ハイセは歩き出す。

城下町をのんびり歩き、人の多さが妙に懐かしいハイセは、露店を覗(のぞ)いたり、串焼きを買って食べながら歩いた。そして、城下町の入口に到着し、大きく背伸びをする。

「さぁて、久しぶりに、あの宿屋の薄い紅茶が飲みたくなった」

数日間、ハイセはのんびり歩いていた。

　そして、半年ぶりのハイベルグ王国の王都が見える。ハイセは、前に通った道が以前よりも整備されていることに気付いた。

　半年……短いようで長い時間。宿屋の老主人、ガイストなど、会いたい人はいる。

　そして、ハイセは気付いた。

「……なんだ？」

　正門が賑わっている。近づくと、正門から一キロほど離れた場所に兵士がいた。

「悪いな。今、パレードの最中なんだ。正門からじゃなく、西門から入ってくれ」

「パレード？」

「ああ‼　兄さん旅人かい？　聞いて驚くなよ。S級冒険者サーシャのチームが、禁忌六迷宮の一つ『ディロロマンズ大塩湖』を踏破したんだよ‼」

「えっ……」

「今、王都はパレードの真っ最中さ‼　ささ、兄さんもパレードに参加しな‼」

　ハイセは、西門へ迂回して王都内へ。

　西門周りでも、祭りの如く賑やかだった。すると、新聞売りの少年が叫んでいる。

「号外‼　S級冒険者サーシャ、禁忌六迷宮の一つを踏破‼　さぁさぁ読んで‼」

「一つ、くれ」

「はいよっ」

新聞を買い、ハイセは裏路地を通って宿屋へ。

街道や町の様子は少し変わっていたが、宿屋はいつも通りボロかった。

だが、このボロさがハイセに「帰って来た」と思わせる。

いつも通り、ドアを開けると……仏頂面をした老主人がハイセをチラッと見た。ほんの少しだけ目を見開き、小さく咳払いして一言。

「宿賃、三か月分滞納だ……支払い、済ませな」

「ああ、悪い。じゃあ滞納分と、一か月延長で。ああ、晩飯はここで食うから」

「……はいよ」

出発前に払った金貨では足りなかったようだ。ハイセは、主人に言う。

「また世話になる」

「……ああ」

それだけ言い、ハイセは部屋に戻った。

部屋は、半年開けていたが、埃一つない綺麗な部屋だ。ハイセが半年前に出た状態のまま、店主がきちんと管理してくれたようだ。それが嬉しく、ハイセは座り慣れた椅子に座り、新聞を広げる。

「サーシャ……あいつも、クリアしたんだ」

ディロロマンズ大塩湖の踏破。デルマドロームの大迷宮と同じく、崩壊し消滅したらしい。

ハイセはもう挑戦できない。だが……人間界には、あと三つの禁忌六迷宮がある。

ハイセは新聞を放り、ベッドへ寝転がった。

「あー……明日、ガイストさんのところに挨拶行くか。夕飯まで時間あるし、少し寝るかな」

ハイセは目を閉じ、軋（きし）むベッドに身を任せる。

こうして、ハイセはハイベルグ王国に帰って来たのだった。

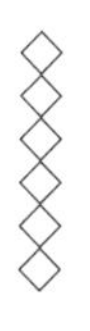

サーシャは、久しぶりに戻ったクランホームの空気を胸いっぱいに吸った。

つい先程、パレードが終わり、王城で国王やクレス、ミュアネに挨拶し、再び城下町を練り歩いて戻って来たのだ。さすがに、サーシャは疲れていた。

「はぁ……疲れるな」

「あたしも～……」

「私もですわ……」

「オレも……」

「さて、今日は解散だな。よし!!　禁忌六迷宮での情報をまとめなければ。ククク、しばらく忙しくなるな!!　サーシャ、明日はギルドだな?　ボクは明日の朝まで部屋に籠（こも）るから、行く時になったら呼んでくれ!!　ではな!!」

タイクーンがやたら元気だった。ダッシュで自室に戻り、クランの仲間たちが驚いている。

すると、留守を任せていた『神聖大樹(ユーグドラシル)』のクランマスター、アイビスが階段から下りて来た。

「久しいの、サーシャ」

「アイビス様……!!　この度は、留守をお任せして」

「あーあーそういうのはいい。若々しいクランの運営補佐するのも懐かしくて楽しかったわ。で……ついにやったのじゃな?」

「はい……禁忌六迷宮の一つ、ディロロマンズ大塩湖を踏破しました」

「うんうん。お前といい、ハイセといい、今の若いのは本当に楽しませてくれる。もう、私も隠居しようかねぇ」

「……え?　ハイセ?」

「む、そういえば誰(だれ)も知らなんだか。つい先程、ハイセも帰って来たぞ」

「ッ!!」

サーシャは目を見開いて驚いた。サーシャだけじゃない。レイノルドも、ピアソラも、ロビンも驚いている。

「パレードの最中に戻って来たようじゃ。そのまま自分の宿に帰り、今はグースカ寝ておるよ」

「じゃ、じゃあ」

「うむ。まだこちらに情報は届いておらんようじゃが……デルマドロームの大迷宮も踏破された。ハイセは、たった一人でやり遂げたようじゃ」

「……っ、そう、ですか」

サーシャは、今にも泣きそうな顔をして胸を押さえた。

レイノルドは苦笑し、ピアソラは「フン」とつまらなそうにそっぽを向き、ロビンは「ハイセ……」と呟（つぶや）いて両手を合わせる。

「ま、私からギルドに報告しておこう。全く……禁忌六迷宮を踏破したというのに、ハイセの奴め……ディザーラ王国からさっさと帰ってくるとは」

ちなみに、今はシャンテが泣きながら事後処理をしているようだ。

「ま、明日にでもギルドで会えるだろうな。さてサーシャ……忙しくなるぞ」

「え？」

「お前がここに戻るまでの間に、クラン加入希望が五百を超えた。いやはや、大変じゃの」

「ご、五百……」

「手は抜くなよ？　いいかサーシャ……クラン加入したいという冒険者チームは、クランの宝じゃ。私は、クラン経営が忙しく、数年はまともな冒険ができなかった。だがサーシャ、お前は冒険やダンジョンでこそ輝く。だからこそ何度も言う。手を抜かず、しっかりクランを運営するように。年寄りからのアドバイスじゃ」

「アイビス様……」

「しばらくは忙しくなる。うちの事務員を貸してやろう。それと、三日後に王城でパーティーがある。しっかりめかし込んでくるように」

そう言い、アイビスは出て行った。レイノルドは言う。

「ハイセの奴も踏破したのか……」

「フン。気に入りませんわね」

「まぁまぁ。アイビス様、ギルドに報告するんだよね？　じゃあ、明日にでもハイセのこと、国中に伝わるんじゃない？」

ロビンの言った通りになった。

S級冒険者『闇の化身（ダークストーカー）』ハイセが、禁忌六迷宮の一つ『デルマドロームの大迷宮』を踏破した。そのニュースは号外となり、国中が知ることになる。

「ハイセ。お前……ディザーラ王国への報告、すっぽかしたな？」
冒険者ギルドに入るなり、受付嬢が大騒ぎ。ギルド内がハイセに注目し始めた頃、ガイスト

が現れギルマス部屋へ。

「ガイストさん、久しぶりなのに、会うなりそれですか……」

「よくやった、と褒めてやりたいがな。ハイセ……ディザーラ王国が、禁忌六迷宮を踏破した冒険者として、お前をパーティーに招待したいそうだ」

「パスで」

「そう言うと思ったぞ。一応、ディザーラ冒険者ギルドのシャンテが『負傷により故郷のハイベルグ王国へ帰った』と言い訳したようだがな」

「ええ……なにその苦しい理由」

「それと『岩窟王』のクランマスターも、お前がサボったフォローをしたようだぞ？　というか……普通はあり得んからな。ディザーラ王国が管理する禁忌六迷宮をクリアした冒険者が、挨拶もせずに翌日に帰るなんて」

「うぐ……」

久しぶりのガイストの説教は、やはり堪（こた）える。だが、ガイストは笑って言った。

「だが、よくやったぞハイセ。まさか……一人で、デルマドロームの大迷宮を踏破するとは」

ふと、ハイセの頭をよぎる……カオスゴブリンのチョコラテ。

魔獣と組んで踏破した。そう言ってもいいが、面倒になる気がした。が……ガイストにだけは、嘘（うそ）をつきたくなかった。

「俺だけじゃないです」

「……なに？」

「もう一人いました。そいつがいなかったら、俺は死んでたかもしれない」

「……仲間、か？」

「いえ。最初は敵でしたけど、勝手にくっついて来ました」

説明が難しいので、ハイセはそれ以上説明しなかった。すると、ドアがノックされる。

入ってきたのは、新人受付嬢……さすがに半年経過しているので新人ではない……だった。

ちなみに、名前はミイナ。

「失礼します!! ハイセさん、あの金色の魔獣の査定、終わったんですけど……」

「ああ」

「えーっと……その、素材がどれも未知の素材で、金額がとんでもないことになっちゃって……ディザーラ王国にも卸したんですよね？　あっちではいくらだったんですか？」

「あっちは寄付したからわからん」

「き、寄付……で、ハイセさんに素材のお金を渡すと、ギルドの金庫が空っぽになっちゃうので……というか、それでも足りないというか」

「あの蛇、そんなに高いのか。全部だと四つあるけど」

「ええええぇ⁉」

討伐後に八つあるはずのヤマタノオロチの生首は六つ残っていた。そのうち一つはチョコラテが装備として使い、五つはなんとか回収できたのだ。

残りの二つは、バンカーバスターを身体に受け、爆破の衝撃で消滅したようだ。

「えーと……そういうことなので、ギルドじゃなくてハイベルグ王国が買い取ることになりました。あの蛇の鱗で、王様専用の黄金鎧と剣を作るって」

「ま、好きにしてくれ」

「なので、お金はもう少々お待ちください」

「ああ」

「あのー……人生何回か遊んで暮らせるお金になりますけど、使い道は？」

「……特にない」

「じゃあじゃあ、あたしにご飯奢ってくださいよ。今話題のS級冒険者とご飯!!　なんかすっごく特別な感じしません？　あ、デートですデート」

「ガイストさん、今夜一杯どうです？」

「無視ぃ!?　ハイセさん酷い、ひどすぎる!!」

「わ、わかった、わかったから引っ張るなっての」

ミイナに腕を掴まれグイグイ引かれる。ガイストは苦笑していた。

ハイセはミイナに腕を掴まれたまま言う。

「ガイストさん。今夜一杯どうです？　こいつと二人とか普通に嫌だし」

「はいぃぃ!?　ハイセさん酷い!!」

「ああ、構わんぞ。それとミイナ、玉の輿を狙うならハイセはやめておけ」

ハイセがジトーッと見ると、ミイナはパッと離れた。

「やだなぁ～、そんなわけないじゃないですか」

「ガイストさん、やっぱ二人で行きましょう」

「わーわー!!　ごめんなさいごめんなさいごめんなさい!!」

ミイナはハイセの腕に掴まりガクガク揺らした。

すると、ギルマス部屋のドアがノックされる。

「失礼します。ガイストさん、S級冒険者『銀の戦乙女』サーシャ、帰還の報告、を……ぁ」

「……よう」

サーシャだった。後ろには、レイノルド、タイクーン、ピアソラ、ロビンがいる。

ハイセは、腕にミイナがしがみついているという状態で軽く手を上げた。

サーシャは、ミイナをチラッと見る。

「……随分と、仲がいいようだな」

「そりゃマブダチですから!!」

「うるさい。というか離れろ。仕事に戻れ。消えろ」

「ひどいっ、でも仕事には戻りますー!!　ではハイセさん、夜にお会いしましょうっ」

ミイナはビシッと敬礼して部屋を出た。サーシャは、久しぶりに会うハイセを見て言う。

「半年ぶりか。ハイセ」

「ああ」

すると、ピアソラがニヤニヤしながら言う。

「ふふぅん……で？　いきなり女性と夜の約束とは、ずいぶんとお盛んなことねぇ」

「ピアソラ……お前、生きてたんだな。てっきり死んだのかと。お前、弱いし」

「はぁぁ!?　テメェ、舐めんじゃゃ」

「ピアソラ」

「……むぅ」

「すまないな。その……お前が生きてて、安心したぞ」

「ああ、ありがとな」

ハイセは立ち上がると、レイノルドと目が合った。

「よう、ハイセ」

「ああ、レイノルド」

「……髪、伸びたな」

「一人じゃ切れない。まぁ、そのうち切る」

「そうかい。あー、サーシャ、オレの髪、また任せていいか？　ダンジョンの中でやってくれたようにな」

「何？　だが、私より散髪屋に任せた方が」

「いい。お前の腕が気に入ってんだよ」

「……まぁ、いいが」

「おう。っと……悪いな、会話の途中に」

「いや……じゃ、ガイストさん、また」

そう言い、ハイセが部屋を出ようとすると、ロビンがハイセの手を摑んだ。

「ハイセ、待って!!」

「っと……ロビン？」

「あのね、あたしたち、近いうちにパーティー開くの。禁忌六迷宮をクリアしたお祝い!!　ね、ハイセも来て!!」

「……は？」

「ハイセも一緒にパーティーやろ!!　あたしがお祝いしたいの!!」

「……お前がそうでも、他の連中が嫌がるだろ」

「そんなことないもん。ね、いいでしょ？」

何と答えていいかわからず、ハイセはタイクーンを見ると、手に何かを持っていた。

「ん？　タイクーン……その本、『コダイ、リョコウキ』？」

「何⁉　ハイセ、この本が読めるのか⁉」

「あ、ああ。読めるけど……」

「……素晴らしい。ハイセ、個人的な想いはあるだろうが、ボクに古代文字を教えてくれないか？　どういう経緯で、ハイセが文字を知ったのかも知りたい。ああ、もちろん報酬は支払おう。いくら払えばいい？」

「待て待て待て‼　ったくもう……落ち着けタイクーン」

レイノルドが割り込んだ。そして、サーシャの隣に立ち、言う。

「悪いなハイセ。これから、ガイストさんに報告がある。席を外してくれないか」

「……わかった」

「あ……」

サーシャが手を伸ばすが、ハイセは部屋を出てしまった。

半年ぶり……この空いた時間が、ハイセやサーシャだけではない、レイノルドたちとの関係を、再びギクシャクさせるには十分な時間たった。

「はぁ……」

「ハイセさん、元気ないですねー」

「ふむ、昼間にサーシャと会ったことが原因かもな」

城下町にある、ガイスト行きつけの酒場。

個室を借り、酒を注文。カンパイするなり、ハイセは大きなため息を吐く。

ミイナは、ハイセの腕をツンツンする。

「ハイセさん、サーシャさんと久しぶりに会ったのに、なんかギクシャクしてましたねー」

「…………」

「やれやれ。禁忌六迷宮を踏破した冒険者といっても、まだ十七の子供だな」

ガイストはエールを飲み、鳥の串焼きを齧る。ミイナは個室のドアを開け「すみませーん!! おかわりくださーい!!」とジョッキを掲げて店員を呼んでいた。ハイセは、煮込みの肉をフォークで刺し、口に入れる。

「……出発前は、普通に別れたんですけどね。お互い、禁忌六迷宮を攻略した冒険者として会おう、って……でも、半年ぶりに会ったら、何も言えなかった」

「あーそういうことですか。あ、串焼きもらいますね……もぐもぐ……すみませーん!! 串焼き追加でおねがいしまーす!! なんとなくわかりました」

ミイナは串焼きをモグモグ食べ、串をハイセに向けた。

「ずばり、ハイセさんは照れている‼」

「は？」

「あたしも経験あります。あたし、王都から西にある農村出身で、幼馴染の男の子がいるんですけどー、あたしが王都でギルド受付嬢の募集に受かったら、すっごく喜んでくれたんですよ。で、王都で受付嬢やって、半年ぶりくらいに休暇で帰ったら、その幼馴染がすっごくモジモジしててキモかったんです。たぶんあれ、久しぶりに見たあたしが美少女に見えて、思春期特有の『女の子に話しかけるの怖い』みたいな状態になってるんですよ」

「ガイストさん、おかわり頼みます？」

「ああ」

「ちょ、無視⁉」

ミイナの意見はともかく、話しかけにくい、というのは本当だった。

サーシャたちにハメられ、命を失いかけた。それが故意ではないとハイセが真実を知っても、サーシャが謝罪しても、ハメられ死にかけたことは事実。そう簡単に許すことはない。

どんなきっかけで打ち解けても、ハイセの失った右目は、もう治らない。

でも、ハイセはサーシャを冒険者として認め、互いの夢に向かって歩く『同士』とは認めた。

だが……半年が経過し、久しぶりに挨拶したら、妙に声が出ない。サーシャも、同じように見えた。

「ハイセ」

「……はい」

「お前もサーシャも、本当に不器用だな……互いに、素直に認め合うのがそんなに難しいか？」

「…………」

「ふっ……まぁ、好きにしろ。もうワシは、お前とサーシャについて何も言わんよ」

「え……？」

「確かに、お前たちにはいろいろあった。共に田舎から出て、冒険者としてワシが鍛え、チームを組み、決定的な決別をした。お前はサーシャを拒絶し、サーシャは罪悪感からお前との距離を測りかねていたが、少しずつ、再び歩み寄ろうとしているように見えた」

ガイストは、父親のような眼差し（まなざ）しでハイセを見た。追加の串焼きが届き、ミイナがガツガツ食べ、ガイストも手を伸ばす。

「半年ぶり……互いに禁忌六迷宮を踏破した冒険者としての再会だ。どう接していいのか、距離を測りかねているんだろうな」

ガイストの言葉に、ハイセは黙り込む。

「ハイセ。これからお前たちの周りは、騒がしくなるぞ」

「周り……？」

「互いに十七歳。成長の真っ最中だ。サーシャにはこれから、いい縁も増えるだろう。お前にもな」

「……俺にも？」

「ああ。周りはサーシャも、お前のことも放っておかない。このままサーシャとの距離が曖昧なままだと、自然と距離が離れていくこともある。ハイセ、お前は……サーシャとどうなりたい？　また昔のような仲に戻りたいのか？」

「それはあり得ません。俺は……サーシャと決別しました。今、俺とあいつの間には、禁忌六迷宮を攻略する同士って繋がりです」

「なら、それでいい」

「……え」

「それが、お前が望むサーシャとの繋がりなら、それでいい。サーシャがどういう想いでお前に接してくるかわからんが、お前は、お前の距離でサーシャと共に歩め」

「…………」

ガイストの言葉に、ハイセは完全に納得。

いや、なぜか納得したような、できないような、曖昧な気持ちになった。

酒場から出ると、ミイナが「二軒目!!　さぁ二軒目!!」と言うが、ガイストが「明日も仕事だろう」と言い、ミイナを家まで送りに行った。

ハイセは一人、夜の城下町を歩いている。このまま宿に戻ってもよかったが、なんとなく飲み足りなかったので、一人でバーにでも入ろうかと思い、静かそうな店を探した。

「……お」

するとハイセが宿屋へ行く道の途中に、小さなバーがあった。蛇が蜷局(とぐろ)を巻いたデザインの小さな看板がかけられたバーだ。煉瓦(レンガ)造りの建物で、かなり頑丈そうなドアがある。

ハイセがドアを開けると、カウンターにいた女性マスターがニコッと笑った。

「いらっしゃい。カウンターへどうぞ」

若い女性のマスターだ。

店内は思った以上に狭い。カウンター席が四つに、二人掛けの席が二つだけ。女性マスターの背後には大きな水槽があり、いっぱいに満たされた水の中で、水色の蛇がスイスイ泳いでいる。水槽の隣には棚があり、多くの酒が収納されていた。

「どうしたの？　お客さんよね？」

「あ、ああ……」

ハイセはカウンターに座る。すると、女性マスターは透明な器に入った煮豆を置き、小さなワイングラスを置いた。

「ウェルカムドリンク。スネークブラッドの百四十年物よ」

「……？」

「ワイン。お嫌いかしら？」

「いや、あまり度数の高いのは……」

「大丈夫。ウェルカムだから、ジュースみたいなものよ」

そう言われ、ハイセはワインを一気に飲んだ。

「……っ!!」

甘く、透き通るようなさわやかさだ。煮豆を口に入れると、ワインの甘さと混ざり合い、お菓子のような味になる。

女性マスターは、ニコッと笑顔を浮かべた。

「おいしいでしょ？」

「ああ。すごいな……こんな店があったなんて」

「通り道なのに、気にしなかったのかしら？」

「……通り道？」

「ふふ。知ってるわよ。あなた、ホーエンハイムさんのところにいる、S級冒険者さんでしょ？」

ホーエンハイム。ハイセは、ボロ宿の主人の名前を久しぶりに聞いた。

「初めまして。バー『ブラッドスターク』のマスター、ヘルミネよ。こう見えて『ナーガ』と『サキュバス』のハーフなの」

バーのマスターことヘルミネは、妖艶な笑みを浮かべた。

相当な美人だった。長いロングウェーブの黒髪を丁寧にまとめ、高級そうな髪留めで括っている。年齢は二十代前半くらいだろうか。

ナーガは下半身が蛇の種族。ナーガは男性だけのことを指し、女性はラミアと呼ばれている。

サキュバスは、コウモリの翼が生え、尻尾が生えている女性だけの種族。人の生気が食事で、ハイベルグ王国では娼館など『サキュバス組合』が運営している。男性に生気を求める対価に、いろいろサービスをする店を経営しているのだ。

ナーガもサキュバスも、エルフやドワーフと同じ異種族だが、数は少ない。

そのハーフとなると、さらに少ないだろう。

ヘルミネは、服の袖をまくる。

「安心して。ナーガの父から受け継いだのは、腕にあるちょこっとの鱗だけ。下半身はちゃんと足があるから。ハーフだからか、サキュバスの特徴であるコウモリみたいな翼や尻尾も生えてないわ。ふふ、食事も生気じゃない、普通の食事」

「あ、ああ」

ヘルミネは説明して満足したのか、ハイセに言う。

「ご注文は？」

「……お任せで。軽めのやつ」

「はぁい」

と……ここで、バーのドアが開いた。入ってきたのはなんと、プレセアとヒジリだった。

ハイセを見て、目を見開いている。

「ハイセ、あなた……どうしてここへ」

「お、ハイセじゃん。ってか、帰って来たら挨拶くらいしないさいよねー」

「あら、プレセアちゃん、ヒジリちゃんの知り合い？」

「ええ。ヘルミネ、食事をお願い」

「アタシ、肉ね。お腹減っちゃってさ〜」

「はぁい」

プレセア、ヒジリは、ハイセの両隣に座る。ハイセは嫌そうにしたが、二人は無視。

「……勝手に帰るなんて、酷いわね」

「いや、お前のこと待つなんて約束してないし」

「ハイセ、アンタ……この半年でまた強くなったわね。でもまぁ、アタシも強くなったし!!」

「あっそ。どうせ、討伐依頼ばかり受けてたんだろ」

「ばかり、って言うかそれだけね。アンタ用の高レート討伐依頼を総なめしてやったわ。ふっふっふ……どう？　アタシと戦いたくなった？」

「別に。おい、くっつくな」

ハイセの腕をギュッと摑むヒジリは、甘える猫のように身体をくっつける。

だが、ヘルミネがステーキの皿を置くと、あっさり離れて食べ始めた。

ハイセの前に、透明なグラスが置かれた。中身は透明な果実酒。チェリーが一つ浸してある。

「お前たち、ここの常連か？」

グラスを手にし、軽く飲む。甘く、どこか弱い酸味のある酒だ。ハイセが飲むと同時に、魚の塩漬けが出た。

「ええ。ヘルミネの料理、好きなの。というか……あなたがここに来るとは思ってなかった」

「帰り道に、ちょうどよくあったからな。というかお前、ヒジリと仲良かったのか」

「まあね。半年も経てば、一緒に食事くらいするわ」

プレセアの前に、サラダ盛り合わせとミートサンドが出された。

ヒジリはステーキを完食。「おかわり‼」と叫ぶ。

「ね、ハイセ」

「ん」

「砂漠の国で、あなたの噂すごく聞いたわ。たった一人で禁忌六迷宮を攻略したって……本当に、あなたはすごいわね」

「……なんだ急に」

「別に。ああそうだ……あなた、ハイベルグ王国のパーティー、出るの？」

「パーティー？」

「ええ。禁忌六迷宮の踏破記念」

「出ない」

「でも、砂漠の国のギルドマスターが言ってたわ。『こっちで祝えなかったので、ハイベルグ王国で盛大に祝うように言っておいた』って」

「……は？」

「高名な冒険者も何人か呼ばれてるわ。ヒジリ、あなたも呼ばれたでしょ？」

「んあ。ああ……宿に招待状届いてたけど、行くつもりないわ。ドレスとか堅苦しいのイヤだし、おいしい食事に興味はあるけど、大衆酒場で食べる安い肉とかのが好きだしねー」

王家の招待を無視するつもりらしい。ある意味、ヒジリらしかった。

その翌日。ハイセの元に、ハイベルグ王家からパーティーの招待状が届いた。

第八章 ▾ 黒銀の円舞曲、透色和音

クラン『セイクリッド』にある、『セイクリッド』専用の会議室。

現在、サーシャとレイノルドが、目を輝かせてテーブルにあるものを見た。

「「おお……!!」」

互いに声が揃う。そして、『セイクリッド』専属のドワーフ鍛冶師ダンバンが、得意げに胸を張った。

「ワシの最高傑作と言っても過言じゃないのぉ。くくく、伝説の石である『虹色奇跡石』を使った剣と盾じゃ」

「素晴らしい……ダンバン、感謝するぞ」

サーシャは透き通った虹色の刀身のロングソードを手に取る。軽く振ると、虹色の軌跡がとても美しい。レイノルドも、大盾を左手に持ち、右手の籠手に丸盾をカチッと付ける。軽く振って気付いた。

「これ、今までの盾の半分くらいの重さだぞ……強度とか」

「大馬鹿モン。強度は今までの盾の約二十倍。ドラゴンのブレス程度じゃ傷一つ付かん。物理、魔法ともにほぼ無効化できる代物じゃ。サーシャの剣も同等のモンじゃぞ」

「マジか……すっげぇな」

「素晴らしい」

「『虹の夫婦盾』と、『虹聖剣ナナツサヤ』じゃ。大事に扱うんじゃぞ……まぁ、折れることはないだろうがな。がっはっは!!」

　レイノルドは、盾を見せつけながらダンバンに言う。

「ありがとな、ダンバンのおっさん」

「礼を言うのはこっちじゃ。まさか、虹色奇跡石に触れることができ、尚且つ加工までできるとは。正直、もう悔いはないと言っても過言じゃないぞ」

「おいおい、死ぬのは困るぜ？　今夜一杯付き合ってもらうんだからよ」

「ほ、それなら話は別じゃの」

　レイノルドとダンバンは「ガハハ!!」と笑い合う。サーシャは、新しい鞘に剣を収めた。

「ダンバン。ところで、今まで使っていた剣は……」

「ああ、折れちまった剣か。すまんな、あれはもう直せんかった」

「……そうか」

「最後まで聞け。その剣の柄と鞘は、お前さんが愛用した剣から加工したモンだ。普通は、折れた剣はそのまま供養するんだが……余計な世話だったかの？」

「……ダンバン、あなたは最高の鍛冶師だ」

「がっはっは!!　くすぐったいからやめろ。ささ、レイノルドよ、飲みに行くぞ。駆け出しで金のないお前たちの面倒を見てきたワシに、お前たちの成長っぷりを聞かせてくれや」

「いいぜ。おいサーシャ、お前も付き合えよ」

「ああ。もちろん」

サーシャ、レイノルド、ダンバンの三人は、行きつけの酒場へ向かった。


酒場でダンバンと飲み、数時間後に別れた。

レイノルドとサーシャは、二人で夜風を浴びながらクランホームへ向かって歩く。

チラリと、レイノルドはサーシャを見た。

「ふぅ……久しぶりに、飲みすぎたかな」

街灯の明かりで、綺麗(きれい)な銀髪がキラキラ輝き、ほんのり色づいた頬(ほお)が色っぽい。

ピアソラが選んだ私服は、やや胸元(むなもと)が開いている。首筋から胸元にかけて見える白い肌が美しい。酔っているな……と、レイノルドは自制する。

「な、サーシャ。明日は王城でパーティーだよな」

「ああ。正式な報告はタイクーンが済ませたから、純粋にパーティーだけだ」

「ハイセも来るのかね」

「ああ。ガイストさんがキツく言ったようだぞ。ふふっ、ああいう堅苦しいパーティーは、好きじゃないみたいだからな」

「………」

サーシャは、クスッと笑う。ハイセのことになると、サーシャは素の笑顔を見せる。

それがレイノルドには、面白くなかった。

「な、サーシャ。約束、覚えてるか？」

「え？」

「何でも頼みを聞いてくれるってヤツ。ピアソラの頼みは聞いたのか？」

「いや、まだだ。タイクーンが『王城の図書館に入りたい』というのは、明日頼む予定だが。ロビンの『ハイセをパーティーに招待したい』も、明日ハイセに頼むつもりだ」

「……オレも、頼んでいいか？」

「ああ、何でもいいぞ」

レイノルドは立ち止まり、真面目に言う。

「忙しいのが終わったらでいい。一緒に、メシ食おうぜ」

「え？　それでいいのか？」

「ああ。今度は、二人でな」

「二人……あ、ああ。構わない」

「おう。約束だぜ」

レイノルドはニカッと笑い、歩き出す。

鈍感なサーシャだが……なんとなく、なんとなく気付いてしまった。

もしかしたら、レイノルドは……と。

ガイストたちと飲んだ翌日。ハイセは、ガイストに呼ばれてギルマス部屋へ。

「今日はパーティーだ。ハイセ、支度するぞ」

「あの……俺、逃げるとでも思われてるんですかね」

「ああ」

「そ、即答……いや、パーティーとか嫌いですけど、今回はサボりませんから」

「駄目だ。さ、行くぞ」

「え、どこへ」

「着替えにだ」

ハイセは、ガイストと一緒に、ギルドから近い服屋へ。

　ガイストの馴染みらしく、店に入ると支配人が駆け寄って来た。そして、「こいつに合う服を。これからパーティーなんだ」と言い、ガイストはギルマス用の冒険者カード（メタルブラック仕様）を出した。すると、女性店員が五名ほど来て、ハイセの身体サイズを測る。

「うわ!?　あの、ちょっ」

「髪のセットも頼む。それと、眼帯も新しいのに。パーティーは夜からだ。急がなくていい。ああ、金はいくらかけても構わん」

「あの、ガイストさん、それくらい自分で」

「いいから気にするな。ワシからのお祝いだ」

「ガイストさん、なんか楽しんでません!?　って、おいズボン!!　ちょっ!?」

　ハイセはあっという間に服を脱がされ、下着だけの姿になり、いくつもの礼服を合わせられた。服が決まり、新しい眼帯やアクセサリーも決まる。

　着替えを終え、髪のセットや化粧を終え、ようやく解放される。

「ふむ……よく似合っているぞ」

「か、カッコいいです、ハイセさん!!」

「……へえ」

　仕立て部屋から出ると、ガイスト以外にもう二人……なぜか、ミイナとプレセアがいた。

　二人とも、ドレスを着て化粧をしている。

「……なんでお前らが」

「ふっふっふ。ご説明しましょう‼」

「今回のパーティーは、お前とサーシャの禁忌六迷宮踏破の記念パーティーだ。各国から貴族も大勢やってくる。お前がソロだと知れると、多くの貴族令嬢たちが殺到する。そのための防衛策だ」

「あ、あたしが言いたかったのにぃ～」

「と、いうわけで……彼女に依頼をした」

ハイセの前に立ったのは、ドレスを着たプレセアだ。

肩が剥き出しになったドレスだ。緑を基調としており、エルフの伝統的な衣装らしい。

ハイセが禁忌六迷宮に挑んで半年の間に、ショートヘアだった髪は、肩よりも長く伸びている。その髪をまとめ、エメラルドを加工した髪飾りで留めていた。

薄く化粧もしており、相当な美少女として仕上がっている。

「俺、頼んでませんけど」

最初の一言がそれだった。プレセアはムッとして、ハイセの足を踏む。

「いって⁉」

「……依頼料はもうもらったから。あなた、恩師が気を利かせたのに、無視するつもり？」

「……むぅ」

「ハイセ。婚約者のいない未婚の貴族令嬢を甘く見るな。今のお前は、貴族よりも価値の高い結婚相手だぞ?」

「え、俺が?」

「そりゃそうだろう。お前は無頓着だから言っておくが……お前の持つ総資産は、王族の年間予算数十年分だ。そりゃあ、玉の輿を狙う令嬢も出てくるだろうな」

「…………」

「ふふふ。ハイセさ～ん、あたしならいつでもオッケーですよん。資産管理ならお任せですー」

ミイナがそう言うと、ハイセはガイストに聞いた。

「こっちはわかったけど、なんでミイナがここに?」

「あたしの求婚スルー……うう、ハイセさんの眼中にないぃ」

「ワシの付き人としてパーティーに参加させようと思ってな。こういうのも、いい経験になる」

「なるほど……って、おい」

すると、ハイセの腕を取るプレセア。胸を腕に押し付けているのは気のせいじゃない。

プレセアは、無表情のまま言う。

「ちゃんとエスコートしてね」

「……はぁ～」

こうして、ハイセのパーティー準備は整った。


ハイセとプレセアは、馬車に乗っていた。

もちろん二人ではない。冒険者ギルドの馬車なので、ガイストもミイナも一緒だ。

ハイセは、どうも気が乗らないのか……ぼんやり外を見ている。

「あなた、そんなに行きたくないの？」

「ん……まぁな。貴族とか、あんまり関わりたくない」

「私、元王族だけど」

「元、だろ」

「……そ。今はいいってことね」

「え⁉　プレセアさん、王族だったんですか⁉」

「元、ね」

ハイセは、チラッとプレセアを見る。

いつもの冒険者仕様ではない。元王族なので、こういうドレスなども着慣れているのだろう。

ハイセのような庶民とは雰囲気が違った。

ガイストも、慣れたものか堂々としている。

ミイナは子供のように足をパタパタさせ、どこか落ち着きがない。

「ミイナ。足をバタつかせるな。淑女らしく振る舞え」

「はーい。でもでも、華の十六歳なんですよ？ 乙女なんですよ？ パーティーなんて初めてだし……ああ、カッコいい貴族男性に声かけられたらどうしよう!! ねぇねぇハイセさん!!」

「ははは」

「……なんですかその乾いた笑い」

馬車は、ハイベルグ王城のパーティー開場へ到着した。はしゃぐミイナをガイストがたしなめ、ハイセは馬車を降りる。すると、プレセアがジッとハイセを見た。

「なんだよ」

「あなた、私がパートナーなの忘れたのかしら」

「……あ」

本気で忘れていたハイセ。さすがにプレセアに失礼だと思ったのか、ぎこちない動きで手を差し出す。すると、プレセアはクスッと笑い、その手を取った。

「ありがとう」

「……作法とか、よくわからないから勘弁しろよ」

「ええ。でも、なかなか様になってるわよ？」

すると、別の馬車が到着……馬車には、クラン『セイクリッド』の紋章が描かれていた。

降りてきたのはサーシャ。パートナーはレイノルドだ。そして、タイクーンが降り、ロビンをエスコートする。ピアソラは「私がサーシャをエスコートしたかったのに……」とブツブツ言いながら一人で降りた。

サーシャはレイノルドの腕を取る。すると、プレセアと並んで歩く、ハイセの後ろ姿を見た。

「………」

「サーシャ」

「あ、ああ……すまない、レイノルド」

「おう。ちゃんと切り替えていけ」

「……ああ」

サーシャは深呼吸。レイノルドと並んで、会場へ向かい歩き出す。


ハイセが会場に入ると、大きな拍手で迎えられた。

「S級冒険者『闇の化身(ダークストーカー)』ハイセ様。ご来場です」

そう司会進行役が言うと、拍手喝采。

ドレスや礼服を着た紳士淑女だけじゃない。顔に傷のある、見るからに礼服を着慣れていない男や、ドレスを着た筋肉質な女性などもいる。恐らく、招待された冒険者たちだろう。

ハイセは、軽く一礼して会場内へ。その隣にサーシャとレイノルド。タイクーンたちが並ぶ。

そして、会場奥にある豪華な椅子に座る、国王と王妃。そして王子クレスと王女ミュアネ。

ハイセたちは、王の前まで歩き、跪いた。

「面を上げよ」

顔を上げると、国王はにっこり笑う。

「ハイセにサーシャ、そしてその仲間たち。禁忌六迷宮の踏破という偉業……本当に驚いたぞ。おめでとう」

「「ありがたき幸せ」」

ハイセとサーシャが同時に言い、レイノルドたちは頭を下げた。

「ハイセ。お前が討伐した『ヤマタノオロチ』だったか。あの素材で作った剣と鎧は、王家に代々伝えられることになるだろう。対価として白金貨を払ってもよいが……お前はすでに大金を手にしている。よって、金貨ではなく『爵位』を与える」

「えっ……」

驚くハイセ。もちろん、これは困惑だ。

爵位なんてもらったら、面倒なことに……と、国王は続けた。

「ああ。爵位と言っても、貴族として領地を治めろと言っているわけじゃない。今のお前に普通の爵位など重荷にしかならんからな。よって、『ハイベルグ天爵』を与える」

「……あ、ありがたき幸せ」

天爵？　と、ハイセはピンとこない。

爵位とは、公爵を筆頭に侯爵、伯爵、子爵、男爵ではないのか。

他の貴族を見ると……全員が、愕然としているのがわかった。

「それと、いずれは領地も与えよう。お前が冒険者を引退し、のんびり余生を過ごすに相応しい場所を用意しておこう」

「あ、ありがたき幸せ……」

正直、ここまでとは思わなかったハイセ。討伐の証として渡したヤマタノオロチの首が、よくわからない爵位と、冒険者引退後に余生を過ごす領地に化けた。

そして、サーシャ。

「サーシャよ。そなたが献上した『虹色奇跡石』は、実に素晴らしい。ヤマタノオロチの素材と合わせることで、最高の剣と鎧になるそうだ」

「はっ」

「褒美だが……聞いた話によると、クランの加入希望が五百を超えたようだな。よし、王都郊外に領地を与える。そこに、クラン『セイクリッド』の本部を建設させよう。規模は……そうだな、冒険者チームが千、傘下に加わることを前提としようか。王都にある本部は、王都の窓口として使うがいい」

「……あ、ありがたき幸せ」

辛うじて声が出た。レイノルド、タイクーン、ロビン、ピアソラも震えていた。

クラン専用の領地なぞ、『四大クラン』以外に持っているクランはいない。クラン『セイクリッド』が加入し『五大クラン』と言われているが、クランの規模では遠く及ばない。

今ある王都のクランホームを『王都支部』にして、訓練場やチームの派遣などは王都郊外にある『本部』から行うことになるだろう。

国王が、宰相ボネットに指示。ボネットは一礼し会場を出た……優秀な宰相ボネットなら、領地の手続きやハイセの爵位に関して、すぐに動くだろう。

「話はここまで。さぁさぁ皆で祝おうではないか。全員、グラスを手に‼」

国王の乾杯と共に、パーティーが始まった。

ハイセは、プレセアと一緒にガイストの元へ。
パーティーが始まるなり、若い女性たちがハイセをジロジロ見ている。だが、プレセアがハイセの腕にしがみつくように甘えているので、誰も近づいてこない。
ハイセは、プレセアの柔らかさを意識しないように、ガイストへ聞いた。

「あの、ガイストさん」

「おお、ハイセ……いやはや、驚いたぞ。まさか『天爵』を授かるとは」

「それそれ。なんですか、その『天爵』って」

ガイストは「そうだな……」と腕組みをして考え込む。

「簡単に言うと、『屋敷や領地を持たない公爵位』だな。ハイベルグ王国貴族に公爵位を持つ貴族は四家あるが、お前の爵位はその四家よりも高い。だが、天爵は一代きり。仮に、お前が結婚して子が生まれても、その子に爵位を受け継がせることはできないがな。領地を与えるとも言ったが……恐らく、お前自身が管理する領地ではなく、王家の管理する領地の一角に、お前が住む屋敷や土地を与える、というところだろうな」

「なるほど……で、それがご褒美ですか。なんだかなぁ」

「馬鹿者。いいか？　陛下は先回りしたんだ。お前は禁忌六迷宮を踏破したが、S級冒険者ということに変わりはない。だから、高位貴族がお前を囲い、私物化する可能性も出てくる。お前は拒否するだろうが、貴族からの依頼というのは、そう簡単に断れん。サーシャのようなクランを興しているならともかく、な」

「……そ、そうなんですか」

「ああ。お前が『天爵』を与えられたことで、高位貴族たちはお前に対し、自由に依頼をすることができなくなった」

「そんな意図が……」

ハイセは、国王の座る椅子をチラッと見る……すると、まるで気付いていたかのようにハイセを見て、片目を閉じてグラスを揺らした。

「バルバロスめ。遊んでいるな……全く」

ガイストは苦笑していた。王の意図がわかり、ハイセはため息を吐いた。

「じゃあ俺、これまで通りの生活しながら、依頼を受けていいんですね」

「ああ。まぁ……多少は変わるだろう。ハイセ、お前もあの宿を出て、ちゃんとした宿に泊まった方がいいかもしれんぞ」

悩んでいると、楽団が音楽を奏で始めた。すると、プレセアがハイセの腕を引く。

「ファーストダンスよ」

「……わかったよ」

ハイセは、プレセアと一緒にダンスを踊るため前に出た。

すると、サーシャとレイノルドも前に出る。

「…………」

「…………」

すると、サーシャと目が合ってしまい、ハイセはそっと目を逸らした。

ハイセは昔、ガイストからダンスを習った。

冒険者として名を上げれば、王家主催のパーティーに呼ばれるかもしれない。その時、ダンスに誘われても恥ずかしくないように、とのことだ。

もう何年も経っているが、ハイセとサーシャはステップを覚えていた。

プレセアは元王族。レイノルドは『紳士の嗜み』とやらで、ダンスを覚えている。

音楽に合わせ、四人はステップを踏んだ。

「……やるじゃない」

プレセアは、ハイセと踊りながら微笑む。ハイセも、少しだけ微笑んだ。

「意外と、覚えてるもんだな」

チラッとサーシャを見ると、レイノルドのステップに合わせて踊っていた。

あちらも、ぎこちなさはない。流れるように、レイノルドと踊っている。

「サーシャ、いい感じだぜ」

「レイノルドが合わせてくれるから」

「へへ、男が女に合わせるのは当然だろ」

すると、曲が変わりステップも変わる。他の貴族たちも、ダンスに参加し始める。

二曲目を踊り、ハイセとサーシャたちはダンスを終えた。ダンスから離れ、ハイセは給仕から水をもらい、グラスをプレセアへ。

「ほら」

「ありがと」

プレセアは受け取り、ハイセの持つグラスに軽く合わせる。水を飲み、ハイセに言った。

「あなた、狙われてる」

「……え」

「見て。貴族令嬢たち、私のこと睨(にら)んで、あなたのこと熱い目で見てる」

「……怖っ」

「あなた。女の子に興味ないの？　私の裸には興味ありそうだったけど」

「馬鹿言うな。今は、そんな気分じゃないだけだ」

「ふーん。じゃあ、どんな時、どんな気分で？」

「……さぁな」

ハイセは水を飲み干し、グラスを置く。

プレセアが水を飲んでいる間に距離を取ると、プレセアはあっという間に囲まれた……冒険者だろうか、体格のいい男やら、貴族の令息やらが声をかけている。

「美しいお嬢さん、ぜひ一曲」

「あなたのような美しい方と踊る機会をぜひ」

「何も言わず、この手を……」

プレセアは完全無視。だが、人が多くハイセの元に行けないようだ。

ハイセは、会話をしている中年貴族の陰に隠れながら、パーティー会場の外へ出た。

さすがに、息苦しいので深呼吸しに来たのだが。

「……あ」

パーティー会場の外にある、小さな噴水のそばに、銀髪の少女がいた。

綺麗な銀色のドレスは、やや露出が多いのか肩が剝き出しで、気のせいだろうか……半年ぶりに会った少女ことサーシャは、少し身長が伸びていた。

「ハイセか……ふふ、どうした？　一人でこんなところに来て」

「そりゃこっちのセリフだ。レイノルドは？」

「レイノルドは、貴族令嬢たちにダンスを申し込まれて、断れずに踊っている。私は気配を消して、少し息抜きにと外に出ただけ……お前もか？」

「まぁな……でも、邪魔なら別なところに行く」

「待て」

サーシャは、ハイセを引き留めた。

「少し、話をしないか？」

「……いいけど」

ハイセは、サーシャが座るベンチの隣へ。

自然と座ってしまった。昔は、隣に座ることが当たり前だったが、こうして久しぶりに隣に座ってみると、何の違和感もなく普通に座れた。

「「…………」」

互いの距離が近く、なんとなく黙り込んでしまう二人……すると、サーシャが言う。

「ハイセ。その……改めて、禁忌六迷宮の踏破、おめでとう」

「ああ。その……お前も」

「……ああ」

そして、また黙り込む。今度は、ハイセが言う。

「ああ、フェアじゃないから教えておく。デルマドロームの大迷宮の最深部で魔族と戦ったんだが……そいつが言ってた。禁忌六迷宮、魔界に一つあるとして、残りの三つは人間界にあるって」

「そ、そうか」

「ディロロマンズ大塩湖はお前が踏破したからな。あと三つ……」

「あ、ああ。そうだ、ええと……ハイセ、爵位、おめでとう」

「あ、ああ。お前も、領地、おめでとう……」

「「…………」」

会話の順番がメチャクチャだった。ハイセは顔を押さえ、サーシャはそっぽを向いて髪をいじる。ここまでくるともう、認めるしかない。

ハイセもサーシャも、妙に照れくさかった。

「……ふぅ。ハイセ」

「……ん」

「互いに、禁忌六迷宮をクリアした冒険者になったな」

「ああ」

再び、会話が途切れた。だが……今度は、この静寂も悪くない。

パーティー会場から聞こえる音楽だけが、二人の間に流れていた。

すると、サーシャが立ち上がる。

「ハイセ。まだ曲は流れている……踊らないか?」

「……え?」

「今だけでいい。幼馴染(おさななじみ)としてじゃなく、元チームメイトでもなく、互いに禁忌六迷宮を攻略した冒険者同士として……お前に、ダンスを申し込む」

サーシャが、ハイセに手を伸ばす。ハイセは立ち上がった。

「お相手、願えますか……ってか?」

「ふふ。喜んで」

曲に合わせ、二人は静かに踊り始めた。

不思議な気持ちだった。ハイセはまだ、サーシャのことを完全には許していない。

互いに高みを目指す冒険者としては認めている。だが……追放され、誤った情報で右目を失った。そんな相手に、ダンスを申し込まれた。

「……ハイセ」

輝く月、星空を背にするサーシャ。綺麗なドレス、綺麗な銀髪。ハイセに手を伸ばす姿は、女神のようだ。今だけ……ひと時の、甘い夢に酔ってもいいかもしれない。

ハイセは、サーシャの手を取った。

「俺、かなり下手くそだぞ?」

「安心しろ、私もだ……何度か、レイノルドの足を踏みそうになったよ」

音楽に合わせ、ハイセはサーシャと踊り出す。ゆっくりとした曲。スローワルツ……互いに見つめ合い、静かな足運びをする。

「なんだ、上手じゃないか」

「からかうな。お前のが上手だろう、ハイセ」

初心者向けの曲なのか、踊りやすい。曲が終わりそうになり、フィニッシュ。すると、サーシャが足をもつれさせた。

「っあ……」

「っと」

サーシャはハイセの胸に飛び込む……そして、互いに見つめ合う二人。

こんなに近づいたのは、何年振りだろうか。

ハイセは、サーシャの目、唇を見た。

「「…………」」

時間が止まったような、気がした。

サーシャは、未だにハイセの胸の中。ハイセの胸に、サーシャの胸が触れている。

「……ハイセ」

「……さ」「おーい、サーシャ、どこだ!!　おーいっ!!」

レイノルドの声が聞こえ、サーシャとハイセは高速で離れた。

ハイセは、サーシャに言う。

「先に戻る。その……またな」

「あ、ああ……また」

再会を約束し、ハイセはレイノルドに気付かれないよう、反対方向からパーティー会場へ戻った。

プレセアは、ようやく人込みから抜け出した。

ハイセの様子を『精霊』を介して見たが……ハイセは、サーシャと踊っていた。

「………」

そして、急接近……キスをするほど、距離が近い。

「……嫌」

すると、レイノルドが現れ、二人の距離が開く。ハイセが逃げるようにパーティー会場へ戻ってくると、プレセアはハイセの胸に飛び込んだ。

「っと、お、おい？」

「……バカ」

「は？」

「あなた、私のパートナーでしょ。私を置いて行かないで」

「あ、ああ……悪い」

「……バカ」

プレセアは、ハイセの腕に抱きつく。

最後の『バカ』は、どこか寂しげに聞こえたハイセだった。

エピローグ　これからも続く道

パーティーから数日が経過。

ハイセはようやく、いつもの日常を取り戻した。

起床、顔を洗い、装備を整え、宿屋の一階へ。朝食が並んでいるテーブルに座り、無言で食べ始める……そして、宿屋の主人が淹れた紅茶を飲みながら、新聞を読む。

新聞を読み終えると、受付カウンターに向かって言う。

「晩飯、外で適当に食う。朝飯は頼む」

「……はいよ」

主人は新聞を読みながら、ハイセの方を見ようともしない。半年経過しても変わらない、客と主人の関係。恐らく、この宿が存在し続ける限り、変わることはないだろう。

ハイセは宿を出て冒険者ギルドに向かう。すると、ギルドに向かう通りでヒジリ、プレセアが並んで歩いていた。

無視しようと思ったが、真っ先にヒジリが振り返る。

「おっはよ、ハイセ!!」

「朝からデカい声出すな」

「おはよ、ハイセ。あなた、いつもこの時間なのね」

「……はぁ」

返事をするのも面倒なので二人を抜くと、二人はすぐに追いついてハイセの両隣に並ぶ。

「今日も討伐依頼？　ね、たまには薬草採取を受けない？」

「ね、ね、一緒に討伐系のダンジョン行きましょうよ。アタシとアンタでクリアするの!!」

「……お前ら、くっつくなよ」

ヒジリに腕を引かれ、プレセアにも引かれ……ハイセの日常はどんどん、騒がしくなるのだった。

サーシャは、王都郊外にある広大な広場に、一人で立っていた。
王都から馬車で一時間ほどにある広場。ここは、クラン『セイクリッド』が禁忌六迷宮踏破の褒美として受け取った領地。ここを整備し、クラン『セイクリッド』の本拠地として新たに建設計画が立っている。
タイクーンは毎日楽しそうに建設計画を立てては練り直し、レイノルドは久しぶりにクランに所属している『盾士(ガードナー)』たちの訓練をしている。

ロビン、ピアソラもタイクーンの手伝いをしているようだ。

サーシャは、広大な敷地を見て、深呼吸する。

「クラン『セイクリッド』……ここまで来た」

きっと、『セイクリッド』はまだまだ大きくなる。困難なことも増えるだろうし、仕事も忙しくなるのは目に見えている。

だが、サーシャは逃げない。S級冒険者としてこの道を歩むと、決めたから。

サーシャは振り返り、王都へ帰る道を歩き出した。

そして、王都の入口にて……ハイセと出会った。

「サーシャ……なんだ、一人か？」

「まぁな。国王陛下から賜った土地の下見だ。ハイセは依頼か？」

「ああ。そんなところだ」

会話が終わり、ハイセとサーシャは王都正門を見上げた。

「思えば、私たちの冒険は、ここから始まったんだな。そして……互いに、禁忌六迷宮を踏破したS級冒険者となった」

「……そうだな」

サーシャは、ハイセをまっすぐ見て言う。

「ハイセ。一度、里帰りしないか?」

「……里帰り?」

「ああ。私とお前の両親に、今の私とお前を見せるんだ。もう、私たちが育った村は残っていないが……墓地は残っているらしい」

ハイセとサーシャが育った村は、ハイセたちが村を出て数年後に、いくつかの小さな村と統合され、小さな町となった。なので、故郷の村は廃村となり、墓地だけが残されている。

サーシャは、顔を赤らめ、髪を指で巻きながらボソボソ言う。

「その、ここから故郷までは遠いし、二人で行くとなると、半月くらいは一緒に過ごすことになるが……その、お前さえよければ」

ハイセはポカンとして、すぐに小さく噴き出した。

「ぷっ……なんだそれ」

両親との思い出は、色褪(あ)せ始めている。完全に忘れてしまう前に行くのも、悪くないかもしれない……ハイセは、そう思った。

「ハイセ。今の私たちを両親が見たら、どう思うかな?」

「……『変わったな』って言うだろうな。俺(おれ)もお前も、別々の道を、いろんなモンを抱えて歩いている。無邪気な子供時代しか知らない両親は、きっと驚くと思う」

「そうかもしれない。でも……」

サーシャは、少し寂しそうに笑う。そして、凛々しい顔で言った。

「私は、『成長したな』って言ってくれる。そう思う」

「……成長」

「ああ。いろんなことがあって、経験をして、道が分かれて、再びこうして共にいる。私たちが歩んでいる道はきっと、苦難が多い。でも……それを乗り越え、今ここにいる。苦難を乗り越えるごとに成長している。両親はきっと、その成長を褒めてくれると、そう思う」

「………………」

ハイセは目を閉じ――……これまでの道を想う。

いろいろな出会い。苦難の連続。禁忌六迷宮……楽な道ではなかった。

きっと、これからも苦難は続く。それ以上に、出会いも、別れもあるだろう。

「歩みを止めない限り、あるのは成長だ。私は、そう思うぞ」

「……そうだな」

ハイセは目を開け――……サーシャに向かって、穏やかに微笑んだ。

「ありがとな、サーシャ」

「あ……うん」

ハイセの笑顔に、サーシャは顔を赤くしてそっぽを向く。

ハイセは歩き出し、サーシャの横を素通りした。

「墓参り――……近々、行くかもしれない。一緒に行くなら、クランの連中に上手いこと言っとけよ」

「――え？　い、一緒に行っていいのか⁉」

「好きにしろよ。その代わり、お前のチーム全員とかは絶対イヤだからな。ピアソラとか、やかましいのも連れてくるなよ」

「あ、ああ‼　な、どういうルートで行く？　道中、いくつか観光名所が――」

「嫌だ。観光とかめんどくさい」

いつの間にか、ハイセとサーシャは並んで歩き出していた。

ハイセとサーシャ。S級冒険者二人の道は、これからも続いていく。

あとがき

本作品を手にしていただき、誠にありがとうございます。作者のさとうです。

最近、四国をツーリングしました。しまなみ海道を通過し、愛媛、高知、徳島、香川とバイクで走りましたが、海沿いの道は潮の香りがすごく、道中にある道の駅の海鮮丼や、町の料理店で食べる地方料理など、とにかくうまい物だらけで体重が増加してしまい大変です。


『S級冒険者が歩む道』２巻いかがでしたか？

今回は『ライバル関係』と『禁忌六迷宮』の挑戦をスポットに当てました。

ヒジリとサーシャのライバル関係。そして一巻にも名前だけ登場した禁忌六迷宮にハイセたちが挑戦します。

今回はバトルに冒険と、一巻よりも濃い内容となったと思います！


キャラクターについて。

今回、新キャラたちが登場します。

まず、表紙を飾った格闘少女ヒジリ。イメージカラーは『薄紫』で、サーシャとは全く違うタイプの美少女です。喧嘩っ早い性格で、好きな食べ物は肉と、今までにないキャラとして表現できたと思います。

ディザーラ冒険者ギルドのシャンテ。こちらは大人の女性をイメージして考えました。ガイストとは違う意味での『大人』で、砂漠の国ディザーラでハイセを導く役目を果たしてくれたと思います。

五大クラン『巌窟王』のギルドマスター、バルガン。こちらは『寡黙な鍛冶師』というキャラです。裏設定ですが、バルガンはドワーフ族です。ドワーフ族は低身長で身長は一メートルほどの種族ですが、バルガンは突然変異で、身長は二メートルを超え、通常のドワーフの数倍の腕力を持つ戦士でもあります。ハイセにアドバイスをする役目を果たしてくれたと思います。

そして、カオスゴブリンのチョコラテ。ハイセは基本的にソロで活動していますが、一時的にハイセの仲間となってダンジョンを進むことになります。名前の由来であるチョコラテですが……書いてる時にちょうどチョコラテを飲んでいたのと、普通は有り得なそうな名前にしたいと考えて付けてみました。


最後に、この作品に関わってくれた方全てに感謝を。

イラスト担当のひたきゆう先生、今回描いていただいたヒジリ。本当に素敵で素晴らしいです！ありがとうございます！

皆様にまた出会えることを祈りつつ、あとがきを終わらせていただきます。

ファンレター、作品の
ご感想をお待ちしています

〈あて先〉

〒106－0032
東京都港区六本木2－4－5
SBクリエイティブ（株）
GA文庫編集部 気付

「さとう先生」係
「ひたきゆう先生」係

本書に関するご意見・ご感想は
右の QR コードよりお寄せください。

※アクセスの際や登録時に発生する通信費等はご負担ください。

https://ga.sbcr.jp/

S級冒険者が歩む道2～パーティーを追放された少年は真の能力『武器マスター』に覚醒し、やがて世界最強へ至る～

発　行　　2023年12月31日　初版第一刷発行
著　者　　さとう
発行人　　小川　淳

発行所　　SBクリエイティブ株式会社
〒106－0032
東京都港区六本木2－4－5
電話　03－5549－1201
03－5549－1167（編集）

装　丁　　AFTERGLOW

印刷・製本　中央精版印刷株式会社

ISBN978-4-8156-2025-7
Printed in Japan　　GA文庫

第1位
お隣の天使様にいつの間にか駄目人間にされていた件
著／佐伯さん
画／はねこと
第5位
新作3位
透明な夜に駆ける君と、目に見えない恋をした。
著／志馬なにがし
画／raemz
このライトノベルがすごい！2024
(宝島社刊)
GA文庫から続々ランクイン!!!
第12位
新作8位
不死探偵・冷堂紅葉
01.君とのキスは密室で
著／零 雫
画／美和野らぐ
第11位
ダンジョンに出会いを求めるのは間違っているだろうか
著／大森藤ノ
画／ヤスダスズヒト

試読版は
こちら!

落第騎士の英雄譚(キャバルリィ)19

著：海空りく　画：をん

「では『母体』から不要なステラ・ヴァーミリオンの人格を削除する」

『完全な人類』を生み出すための母体として、《大教授(グランドプロフェッサー)》カール・アイランズに拉致されたステラ。彼女を救うべく、一輝と仲間たちはアイランズが待ち受けるラボを急襲する。しかし、なみいる強敵を斬り払って囚われのステラのもとにたどり着いた一輝たちを待っていたのは、残酷な結末だった。

《落第騎士(ワーストワン)》一輝と《紅蓮の皇女》ステラ。剣で惹かれ合った2人、その運命の行方は――!?

「――僕の最弱を以て、君の最愛(あこがれ)を取り戻す!!」

最終章クライマックス！　超人気学園ソードアクション、堂々完結!!

試読版は
こちら!